文集 源平桃

野地潤家

文集 源平桃 もくじ

*印は、すでに発表したことのあるもの。

夏の花[1]

「ちょうど、休電日ではあったが、朝から花をもって街を歩いている男は、私のほかに見あたらなかった。その花はなんという名称なのか知らないが、黄色の小弁の可憐な野趣を帯び、いかにも夏の花らしかった。」

原民喜の「夏の花」の一節である。彼は、なくなったおくさんの初盆を前にして、原爆投下前のある日、黄色の花を手にして、その墓にもうでたのであった。

原民喜の詩碑は、心なくこわされてその詩業・人がらをしのびたいと考えていた人たちの胸を暗くした。詩碑のあった城跡のほうへ、わたくしは足も向かなくなったが、炎天下の広島に夏の花が色どりをそえるかぎり、そこに、原民喜の幻の詩碑は、現実のそれよりもっと鮮明に建立されていると思う。

原さんに、わたくしは面識はなかったが、忘れがたいことが一つある。いま活躍している梶山季之君らがまだ学生のころ、同人誌「天邪鬼」をおこし、誘われて、習作を寄せた。その雑誌を原さんに送ったらしく、梶山君への返信に、わたくしの習作を、好感をもって読んだむねしるしてあった。ただそれだけのことなのだが、原さんの静かであたたかい人がらをその一言によって感じ、好ましい印象がずっとつづいている。

わたくしたちは、自己の評価を相手が第三者にしているのをつい知る機会があって、その思いがけぬ冷酷な評価に、衝撃を受けることがよくある。そういうとき、日常の儀礼的なことばの生活では決して見られぬ、きびしさ、またやりきれなさをいやというほど感じないではいられない。

日常生活でのことばによるドラマは、まことにはかりえぬ深渕のようである。それは単なる演技だけではかたづけられぬものをもっている。――原さんとの間接の出あいのような、すがすがしいものも、まれにはあるが。

昭和40・7・29

読書は少年の時にあり[2]

筑波山のふもと、真壁町（といっても、緑に包まれた農村地帯であるが）で、国語教育の研究集会が開かれ、全国から一、五〇〇人ほどの先生が集まった。もとより、これだけの人数を収容する宿泊の備えはなく、参集者は民泊をして、あたたかいもてなしを受けた。

この真壁町では、三年来、全児童読書運動が進められ、それがみのりはじめている。夕方七時もしくは七時半になると、各部落では、いっせいに拍子木が鳴りわたる。すると、子どもたちは、みんな読書を始めるのである。一、二〇〇人の子どもたちことごとく、熱心に三〇分間本に読みひたる。各地区ごとに、年間図書予算一〇万円を確保して、児童読物をもとめているとの話であった。

ＰＴＡの母親文庫もよく利用され、両親（わけて母親）の読書熱は相当なものであった。婦人会長で、母の会の世話をしてきたおかあさんは、うれし涙をこぼしながら、自分たちの長い間の努力のみのったことを語っていた。

――いま全国各地で、さまざまの読書会（サークル）が持たれている。みずから求め、読書――話しあいによって、おたがいに伸びていこうとする願いは、思いのほかに強いのである。サークルによっては、しっかりした助言者に恵まれず、悩んでいるばあいも、すくなくないようだ。地方・地方の文化をおこしていくのに、こうした読書会（サークル）のはたす役割を過少評価してはなるまい。

学校教育と社会教育との密着した地点に、読書会の使命と機能とはある。日本人の読み書き能力は、文盲率の北欧なみの低さに比べて、その充足者は一〇〇人に六人くらいの割合でしかない。能力向上の前途は、なおはるかなのである。

「読書は少年の時にあり。」まさにしかりである。あるとき、子どもはこれをふと誤読？した、「読書は少年の時にもあり。」と。

昭和40・8・9

〃随筆王国〃[3]

松永市出身の英文学者福原麟太郎氏が、自選随筆集「野方閑居の記」をまとめられてから、ちょうど満一年になる。これは「閑居を楽しむ境涯に達した」氏の、「一生の記念ともなるような」随筆集で、中には、氏の中学の先輩一高生森戸辰男の演説のじょうずだったことなども、回想されている。

さて、将棋の升田幸三九段には、「勝負の虫」という、氏の独自の人間観・人生観を吐露した随筆集がある。「眼光盤をも貫く覚悟で読みに没頭する、——このように困難をはね返し、どこまでも可能性を求めてゆくことを〃えぐる〃という」ことばで表現したいという。〃えぐる〃とは、いかにも氏らしい。氏の将棋随筆は、その創造力の非凡であることを、あますところなく語っているようだ。

かつて、「女の一生」の演技で芸術院賞を受けた、杉村春子さんには、「楽屋ゆかた」という随筆集がある。本書には、辰野隆氏の「序」も寄せられている。わたくしは、これをとある古本屋の片すみでもとめたが、演技や人間美についての省察にはひきつけられた。

こうして、さらに井伏鱒二氏の随想の名品、織田幹雄氏のスポーツ随筆と見ていくと、広島が野球王国・サッカー王国などと言われるのにならって、〃随筆王国〃と呼びたいような気がする。

随筆は、単なる閑文字ではなくて、それは精神のスポーツともいえる。その一動一技に、精進のさまも、人がら自体も、手にとるようにうかがわれる。

今日、専攻領域の業績発表の機会は、かなりに与えられているが、専攻・専門の精進から生まれてくる発露・余滴は、見失われがちである。それぞれの分野で活躍し、熟達している方たちの〃随想〃を、もっともっと引き出し、それにしかるべき形を与えていくことを、くふうすべきではないか。そこには、余技集成以上のものがあろう。

昭和40・9・2

風水害実記[4]

明治二九年（一八九六）九月、福知山大水害があった。当時福知山惇明小学校訓導だった芦田恵之助は、京都市に出向いて水害の惨状を訴え、義援金を募り、児童への学用品を求めて帰校した。福知山大水害のことは、芦田によって「丙申水害実況」としてまとめられ、現在もなお惇明校に保存されているという。近代国語教育を育てた芦田恵之助のこの「水害実況」が、わが国の近代綴り方の源泉となった。生活綴り方の萌芽がここに見いだされるのである。

さかのぼって、長保五年（一〇〇三）八月二八日（旧暦）つまり九月二六日（伊勢湾台風のきたのもこの日だ。）、大型の風台風が京都を襲っている。紫式部はこの風台風をモデルにして、その恐怖におののいた体験をもとに「源氏物語」の「野分」の巻で、屋根がわらが吹き飛ぶほどの台風をいきいきと描き出している。これは気象学者久米庸孝氏が追求されたことだ。

「野分」の巻では、台風の見舞いに、さっそくかけつけた夕霧に向かって、祖母の大宮が「ここのよはひに、まだ、かくさわがしき野分にこそ、あはざりつれ。」と、ただ、わななきにわななきながら言うのである。ついで地の文には、「大きなる木の枝などの折るる音も、いとうたてあり。」とある。

今から三〇年も前の阪神風水害の実相も、諸種の報道のほか市役所などが中心になって、ぼう大な記録に克明にまとめられている。今日、映像などによって、風水害の被害状況は、すぐさま伝えられるが、しかし、その場かぎりに消えてしまいやすい。甚大な被害に負けないで、力強く復旧・復興をはかっていくうえにも、そのための基礎作業として、徹底した「実状記録」を必要とすると思うがどうであろうか。それには、徹底した記録精神そのものを、まず取り戻さなくてはならぬのであるが。

昭和40・9・15

絵はがき文化[5]

学生をつれての研究小旅行で、太宰府に泊まり、早暁、天満宮にもうでた。境内は清められていて、秋風もさわやかであった。

この社では、学業成就の祈願もしてくれ、わけて受験生をもつ親たちの心に触れるところがあった。しかし、それは弱みにつけこむというのではなく、浄衣の少女たちも、「ようこそいらっしゃいました。」と、感じのいい応対をしていた。

この天満宮では、菅公（菅原道真）のおい立ちを年齢順に絵はがきにまとめて売っていた。五歳から五九歳までの菅公を、一葉に二場面ずつとりあげ、それぞれ簡明に解説を付しているのである。八枚一組、「菅公歴史絵葉書」と名づけてあった。

歴史絵はがきのくふうに、わたくしは心をひかれた。天満宮の清らかさ・あたたかさとこの絵はがきのくふうとは、同じ根から生じているもののように思われた。

今日、わが国の絵はがき文化の水準は、どうであろうか。近来、意欲的に創意くふうがなされるようになってはきたが、一般的にはなおいまだしの感がある。

土地・土地の風光なり歴史的特性なりを鋭くとらえたものが案外に乏しいのである。旅だよりをと思って、しかるべき絵はがきの一枚を選ぶのに、手まどり、がっかりすることもある。玉石混淆というのが、絵はがき界にもあり、それらの中から、玉を選び、珠玉のものとしていくには、絵はがき業者にのみまかせていてはならないようにも思われる。

それにしても、すぐれた絵はがきを旅先の知友から受けとるよろこびは格別である。今夏、わたくしは、長野県の定時制高校の分校にお勤めの先生から、蓼科高原に咲き乱れる「れんげつつじ」の絵はがきをもらった。このいろどりあざやかな一葉は、今に机上にあって、勉学の余暇、旅心を誘うている。

昭和40・10・6

水戸黄門展[6]

広島で開催された「水戸黄門展」を見た。近来この種の歴史展としては、豊かな内容を持ち、興趣の深いものがあった。

すでに二〇余年も前、卒業旅行のさい、当時の橋田文相の訓示を受けるため上京し、ついでに国語科卒業生一行は、水戸・大洗まで足をのばし、かの彰考館をたずねたことがあった。しかし、再び光圀公ゆかりの資料・遺品を、つぶさに目にしようとは、思いもかけぬことであった。それだけに、このたびのよろこびは大きかった。

「大日本史」関係の資料についての感銘は言わずもがな、とくにめずらしく思ったのは、メリヤスたび三足の陳列だった。「目録」の解説には、「メリヤスの製品として、日本では最も古いものであろう。舶来品で、当時の光圀公のハイカラ趣味がうかがえる。世界的な珍しい品。」とあった。

元禄期に芭蕉の指導した、「猿蓑」の連句の中にも、

かきなぐる墨絵おかしく秋暮れて　史邦
はきごころよきめりやすの足袋　凡兆

とあって、メリヤスたびを、当時珍重したことがうかがわれる。元禄三年といえば、光圀公は六三歳の老境にあったはずだ。

わずかに三足のメリヤス（莫大小）たびではあったが、その洋風のくつ下に接し、光圀公に今までとはちがう親しみの情をおぼえた。現下、ポストの数ほど児童図書館がほしいといわれ、県立美術館・博物館が望まれているとき、こうした催しに接すると、いっそう積極的な文化政策を期待しないではいられない。

学者をだいじにし、独自の仕事に生涯をかけてやりぬいた光圀公の生きかたを思いつつ、励まされることの多い展観だった。光圀公夫人の「旅鏡台」一組は、その人の薄命ゆえに、あわれ深かったが。

昭和40・10・9

顔・顔・顔[7]

私鉄・国鉄などに行なわれてきた「顔パス」が全廃されようとしている。「顔パス」の慣習は、いわゆる虚礼ではない。そこには実利を伴う同業者間の〃よしみ〃が見られる。そもそもは、互恵の善意から発足したものかもしれぬ。ただ組織が拡大し、機構が複雑化していくと、利用者に迷惑をかけずにすまされる、同業者間のよしみなどの域を越えて、経営そのものに切実に利害関係をもたらすようになる。「顔パス」全廃も、この時点で、経営合理化の一環として提議されているといえよう。

考えてみれば、「顔パス」の問題は、交通機関の場合に限らず、社会・職域の各方面に見られる。行事・会合・集会に顔を出し、正規の会費・料金を払わないで、わが顔をきかせて、すっとはいってしまうということも、今なおなくなってはいない。互恵の善意とははるかに遠く、「赤い羽根」による浄財を扱いながら、手数料と称して、区長以下が巨額の分配をしていたというニュースは、あしき「顔パス」の中でも、腐敗現象の最たるものであろう。

民主社会における「顔」の問題は、対外的な顔の広さを悪用するところにではなく、責任と個性とを、どのように持していくかに見いだされる。四〇歳以上になれば、自己の顔に責任を持たなくてはならぬと言ったのは、リンカーンであったか。考えさせられる。

そのリンカーンの首（顔）のりっぱだったことをたたえ、ぜひ生前に会いたかったと述べたのは、彫刻家・詩人の高村光太郎だった。氏は言う、「電車のなかであまりよい首の人に偶然あうと、別れるのに心が残る。思いきって話しかけようかと思うことがたびたびある。女の人などは一生に二十日間ぐらいしかあるまいと思うようなとくに美しい期間がある。それをむざむざとすごさせてしまうのが惜しい。」と。秋も深い。

昭和40・11・9

言語治療士養成を

広島市に言語障害児・難聴児を守る会が結成され、言語治療教室・難聴学級の開設促進を主要目標にして、運動が推進されていくというニュースには、大きい期待がよせられる。二〇人に一人の出現率とされている言語障害児を、なんとかして守っていくようにしようと、昨夏来親たちは全国協議会を開き、文部省・厚生省にも働きかけているが、ことは思うようには運んでいない。すでに一三年も前、言語障害児をなおす国立機関を設けてほしいとの要望がなされて、国の手で総合児童センターを作りたいとの発表もなされたが、まだ実現の運びにはなっていないようだ。

言語障害児教育の研究に造詣の深い共立女子大(のち、東京学芸大)の平井昌夫教授は、東京・千葉など東日本を中心に、この方面の研究・運動にうちこんでいる学者であるが、数年前、単身来広して広島でもぜひこうした研究・運動を推進してほしいと、切々と訴えられた。このことのためなら、どういう助力も惜しまないと教授はつけ加えられた。

平井教授によると、どもり・口がい(蓋)破裂・発音発声の異常・聴力障害などの言語障害児をなおそうと努力している公的な施設は、全国にわずか九カ所しかなく、一万人に一人が公的なサービスを受けているだけで、それも親たちの運動でできたものであるといぅ。

在来の言語教育の中で、未開の盲点として忘れられている領域を、どのように開発していくべきか。基本的には、まず言語治療士の養成を軌道にのせなくてはならない。親たちの願いにこたえて、治療の実績を挙げていくためにも、治療士養成のための課程開設が望まれるのである。

現下、外国人への日本語教育の振興も急務なのだが、それ以上に急を要する問題が、国内のしかも足下にある。

昭和40・11・18

高校生の学力[9]

高校生の学力のことが問題となっている。調査もされ、能力別コース制採用への提案などもなされている。しかし問題は深刻で、みんなで真剣に根本から考えなおしていかなくてはならない。

きびしく追いつめられ、ノイローゼにかかって、みずから死を選んでいく高校生もいて、そのしらせを聞くと、胸がつまってしまう。わたくしはそのたびに、その生徒の肉親・学友・先生がたの衝撃・悲しみのほどを思わずにはいられない。

かつて、高校生に向かって、印象にきざまれている文章の一節をきいたところ、ひとりの生徒は、つぎの文章をこたえてくれた。

——俺の青春は雲一つない空のように、まだ青く晴れわたっている。偉くなりたい、また金持ちになりたいと願うことは、うそをつき、頭を下げ、へつらい、いつわることを、みずから決心したことではないか。うそをつき、頭をさげたことのある連中の下僕に甘んじてなろうと、みずから承知したことではないか。……いやだ。そんなことは止めだ。俺は高く清く働こう。夜昼なく働いて俺の勤勉労苦だけで成功をかちえたい。それは一番のろい成功となるかもしれない。だが、自分の生活を反省し、百合のようにそれが清浄なのを見るほど美しいことがまたとあろうか。（バルザック「ゴリオ爺さん」から）

この高校生がその胸底に願っていることを察し、わたくしは感銘をおぼえた。また、そのこころざしの達成をぜひ実現させせたいとも思った。

高校のある先生は、「いまの高校生は、ほめられていませんね。」と述懐された。国語学力に限ってみても、高校生には、もっと認められ、ほめられていい、表現力・理解力が見受けられる。いわゆるテストのみでは測られぬよさを、あたたかく認めていき、自信を植えつけたいとせつに思う。

昭和40・12・4

10 〃論文〃越冬隊

ことしも〃論文〃越冬隊の季節となった。〃論文〃越冬隊とは耳なれぬことばだ。それもそのはず、わたくしがひそかに用いているもので、毎年、卒業論文と取り組んでお正月も家に帰らず、広島の下宿にとどまって、がんばりつづける学生の一群を称しているのである。

〃論文〃越冬隊の面々は、ジングルベルの歌を聞きつつ、はちまきをしめ、目を血ばしらせながら、追いこみにはいって、没頭する。そのがんばりをねぎらうため、元日には、おぞうにをたべにきなさいと、隊員を招くのを例としている。

越冬隊員は、このときばかりは、はればれとした顔をしてやってくる。中には、大みそかの夜半から、厳島へわたり、弥山にのぼって、初日の出を拝んできたりする。若者たちは、その初日のにおいまでを持ってくる。

そしてわたくしは、英国の詩人ブランデン氏が、厳島を訪れて、あの島の印象を、「島そのものがすでに一編の詩ですね。」といかにも詩人らしく語られたのを、なつかしく思いおこす。

越冬隊も、この日ばかりは、論文のことを忘れたように談笑する。その談笑の輪に、負けずにはいりながら、わたくしは、職業みょうりを感じないではいられない。

越冬隊員は、越冬してがんばっていくうちに、四年間のしめくくりとして、なにかをつかんでいく。自己けんおとたたかい、壁につきあたり、悪戦苦闘する。こうして論文は結局自己との戦いだということばも、わかってくれる。

ある年の越冬隊来訪は、ほがらかな三人組で、したたかに飲み、陶然として、さて辞去するとき、玄関でかわるがわる「先生、もっとおくさんを大事にしなきゃだめです。」と述べて帰っていった。家内ばかり悦に入っていたのである。

昭和40・12・4

自作朗読[11]

初冬の一夜（昭和四〇年一二月四日）、ＦＭ放送「作家と作品」の時間に、伊藤整氏の自作朗読を聴いた。この番組では、まず氏が自己の生い立ちと作品について語り、奥野健男・小島信夫・瀬沼茂樹三氏による座談会があり、おしまいに「若き詩人の肖像」の一節を氏みずから読んだ。

小樽高商に入学したころのことが描かれていて、伊藤整氏は、まるで別人の作品でも読むかのように読み進んでいった。文章は淡々となめらかにまとめられていた。きめのこまかな感じだったが、すこし頼りないような気もした。風に吹かれているような感じもあった。

しかし、聴いているうちに、かつてわたくしは小樽市を訪れたことがあり、その夏の日のことをおもいなつかしみながら聴いていたのだが、氏の淡々とした、ややはかないようなあえかな読みぶりこそは、じつに氏の文体に似つかわしく、その文章と朗読とは、二にして一つのものではないかと思うようになった。

朗読の修練をした人たちの朗読放送に耳がなれてくると、作家の朗読には、そのあまりの無造作ときこえの足りなさに、しばしば失望してしまう。先日も、アメリカの某女流作家の短編小説の自作朗読を聴いたが、わたくしはやはり失望した。ことばが通じなくても、国籍をこえてひびく、あの朗読特有の魅力を、その読みぶりにはみいだすことができなかったのだ。

伊藤整氏の講演を、わたくしはかつて、東京と広島で、聴いたことがある。その話しぶりもまた、読みぶりと寸分ちがわないという気がする。氏の講演には、気どらない気どりのたくみさがあった。読みぶりもまた、そう言ってよかろうか。——氏の読みぶりとその声とは、耳底にのこるだろう。

昭和40・12・5

おみくじ[12]

ある年の夏、卒業生二人（Aさん・Bくん）とともに、倉敷を訪れ、美術館で静かにたのしい時間をすごした。美術館のすぐ隣りの「グレコ」によって、お茶をのんだ。夕方帰りの汽車の時間がくるまで、市内のある食堂の二階にあがって、おすしのできてくるのを待った。

つれづれのはずみに、テーブルの上の吸いがら入れについている、誕生月ごとに一〇円をさし入れてもとめるしくみの、おみくじを引いてみることにした。わたくしのは、第七〇二番　吉　で、「あなたの運勢」の欄には、つぎのように記してあった。

〔朱に交われば赤くなる〕

あなたの友達を静かに見渡してご覧なさい。きっとあなたにマイナスの人が二人いる筈です。そっと静かに遠ざかる事が賢明です。そしてすべてにプラスです。

読んでいくうちに、わたくしは苦笑してしまった。Aさんも・Bくんも、つぎつぎに手にして読み、ふきだしてしまった。Aさんは、「先生、どうぞ静かにそっと遠ざかってください。」と、微笑しながら言った。「先生、どうぞ。」Bくんもわらった。

マイナスのひと二人をつれて、おすしのくるのを待っているこの場に、このおみくじはぴったりだった。偶然とはいえ、このおみくじの予言的中に、おみくじというもののあるすがたを見つけたようにも思った。

――このおみくじには、諸事の予言、格言、花ことばなどの欄もあったが、文面はいずれもわりあいに洗練されたものだった。ふるめかしい感じの吉凶のみをいうのとはちがっていた。だれがまとめたのであろうか。

このおみくじのおかげで、倉敷での思い出は、くっきりと浮かびあがってくる。

昭和40・12・6

批評の極意[13]

数学者岡潔博士と評論家小林秀雄氏との「対話　人間の建設」（昭和40年10月20日初刷、11月25日5刷、新潮社刊）を読んでいたら、つぎのような一節に出会った。

小林　特攻隊のお話もぼくにはよくわかります。特攻隊というと、批評家はたいへん観念的に批評しますね、悪い政治の犠牲者という公式を使って。特攻隊で飛び立つときの青年の心持になってみるという想像力は省略するのです。その人の身になってみるというのが、実は批評の極意ですがね。

岡　極意というのは簡単なことですな。

小林　ええ、簡単といえば簡単なのですが。高みにいて、なんとかかんとかいう言葉はいくらでもありますが、その人の身になってみたら、だいたい言葉がないのです。いったんそこまで行って、なんとかして言葉をみつけるというのが批評なのです。

（一六二ぺ、傍線は引用者。）

ここに見られる批評観ないし批評の極意観は、さりげなく語られているが、わたくしをはっとさせた。小林秀雄氏の批評の根基を改めて考えさせられた。

両者の「対話」は、もともと「対談」ともいうべきものなのであろう。これは「対話」ではないという、きびしい批評がある哲学者の書評に見られた。それは「人間の建設」における奔放な談話の去来に、冷静な批判を与えたものであろう。

両氏の生きた対談の機微が失われて、文字化され客観化されたとき、読む側が話者の内界を思いやって、対談に含まれている、ある種の気まぐれや独断をも大きく受けとめるのでないと、それこそ「対話　人間の建設」への批評にはなりにくいのであろう。

おふたりの方法のようなものにもふれることができて、わたくしにはかなりおもしろかったのだが。

昭和40・12・14

14 源氏物語絵巻展

神戸市の高等学校国語教育研究会に招かれて、長田高校（旧神戸三中）の一年生（五三名）と、谷崎潤一郎の「陰影の美」という随想について学ぶところがあった。

その研究会の翌日、「文化の日」に、卒業生に誘われて、白鶴美術館に折柄展観中の「源氏物語絵巻」そのほかを見にいった。港町神戸も、六甲の山のあたりはことに秋深く、美術館は静閑の境にあった。

展観されていたのは、「源氏物語絵巻」としては、「御法」・「夕霧」・「鈴虫」など、「紫式部日記絵巻」としては、「御五十日の儀を終え、宴会に酔いしれて、女房に戯れる公卿たち」ほか数場面であった。

なかでも、「夕霧」の一場面、夕霧が心を傾けている落葉の宮（柏木の未亡人）の母御息所から手紙が届き、病中にしたためた文字を読みかねていると、ねたみをおぼえる雲居の雁が後から忍びより、その手紙をうばおうとするところは、興深いものだった。「源氏物語」の中で、わたくしは、夕霧・雲居の雁の間柄の叙述に、心ひかれていたのであったが、この絵に接して、またその気持ちが高められたように思う。

なかには、剥落のはげしいものもあったが、一つ一つ心にひびくものがあって、わたくしとしては、たのしい時間をすごすことができた。

そこに同時に展示されていた、数多くの写経類を見ていくうち、「お経」というものに、あたらしいなにかが汲みとれるように思えてきた。このことは、「絵巻」鑑賞とならんで、このたびの収穫の一つだった。日ごろ遠ざかっている「経文」が、読むことの対象として近くなったということは、やはり一つの目ざめを誘うものだった。

昭和40・11・4

今[15]いずこ

ある「校友会誌」（昭和12年2月、広島県立T高女校友会刊、第九号）を、ふとしたことから入手して見ていたら、つぎのような詩二つが目にとまった。

たそがれ　　三年　秦　哲子

日かげ淡き夕空／小鳥の群いづこにか行く
遠寺よりひびく鐘の余韻におはれて／白ぎくの続く細道
鳴きしきる虫の音ぞ／夢よりも淡き光にぬるる

夕の思ひ　　三年　秦　哲子

木立を縫ひて、なつかしの／家の明りにほんのりと
淡き夕げの香りして／胸にしみ来る子守り唄
老います母の横顔に／ともし火の影淡くさす
さやけき月の影をあび／おどる希望の一つ星
思ひて笑まむ／千草のみだるる細道に

（同上誌、五八ぺ）

秦さんは、わたくしが学生時代、学徒勤労動員のため、T市（当時は町）に出動していたころ、T町の郊外に住んでいた、歌の会のメンバーのひとりだった。

勤労の余暇、あのあたりの細道はよく歩き、それらは昭和一九年（一九四四）の秋のもみじの美しさとともに、いまに脳裏にある。この詩によまれた山野を、青春のある時期に見知っているだけに、その感傷のみなかみに、なつかしさを感ずる。

ここには、当時の女学生の一片の感傷とのみ切りすてられないものもあるのではないか。ことばへの目ざめは、このような詩作に夢中になる時期を経ていくように思われる。三〇年後、秦さんの胸中はいかがであろうか。

昭和40・12・14

微笑[16]

昭和四〇年一二月、チェコの女流体操選手ベラ　チャスラフスカ Vera Caslavska さんが、四度目の訪日をして、長崎・名古屋・京都・大阪などで、日本の男女体操選手（遠藤・池田敬子氏ら）とともに演技会に参加した。わたくしはたまたま、テレビの画面を通じて、名古屋会場での演技を見ることができた。

チャスラフスカさんの平均台での演技は、この日も意欲的で、新しく創始した台上フルターンのわざが織りこまれていた。双脚を徐々に挙げきって、一種祈念するようなポーズをとるのは、東京オリンピックの競技にも示された印象深いものであった。緊張のうち、動の中の静を示して、そこには甘美ささえも流れるようであった。

どのような種目の演技にも、微笑を忘れぬのがチャスラフスカ選手であった。女子体操では、それが心がけられて、優雅さを保つかぎの一つになっているというが、わざの冴えに微笑がともなうことによって、ゆかしさがいっそう深まるようである。

オリンピックの東京大会の体操競技のうち、段ちがい平行棒で、フルターンをして転落したとき、わるびれず飛びついて、さらに演技をつづけたチャスラフスカさんのりりしさが、今も眼のうちにある。前人未踏の境地をひらいて、創意に生きる人の気概が、そこにはうかがえたのである。失敗をせぬ演技にも感嘆を禁じえないが、失敗したとたん、失敗をこえていくその気魄に感銘をおぼえた。

ことばの生活にも、とくに話すばあい、微笑を忘れぬようにと言われる。相手に不審感を抱かせる無意味な笑いではなく、コミュニケーションにおける善意そのものをあらわす微笑である。つぎの会場への移動途次、バスが遅れたときも、ベラ　チャスラフスカ選手の微笑は消えなかったという。わたくしには、演技時のそれ以上に、感深く思われた。

昭和40・12・31

対話[17] —The Sound of Music から—

一二月二三日、中学一年の子どもと高校三年の長男とともに、「朝日会館」に映画「サウンド　オブ　ミュージック」を見にいった。映画はことしになって三回めである。中一の長女は、ずっと前に母親と二人でいき、つぎには学校の音楽の時間に連れていかれ、今また父親・兄と出かけたので、都合三回も見ることになった。級友には、この映画を数回見たひともいるのだと話していた。

アルプスの山々にかこまれた谷間、湖水のほとり、自然も美しく、歌声もすばらしかったが、いちばんわたくしの印象にのこったのは、マリヤ（ジュリー・アンドリュース）が修道院から家庭教師としてトラップ海軍大佐の邸に着任し、七人の子どもたちにさっそく紹介され、その最初の対面において、一人ずつ子どもと簡単な対話をし、そのわずかな対話を通して、子どもたちの心をしっかりとききりりとつかむ場面だった。

父親の厳格な教育・しつけによって、いじけてしまっている子どもたちは、それぞれにひねくれたあいさつをし、鋭い針やとげを含んでいた。しかし、マリヤはそれに笑顔で向かいながら、やさしく包みこみ、そのにくらしげな針やとげをさりげなくかわしつつ、子どもたちの胸底にあたたかく触れていくようなことばをかえしていった。

わたくしはなんというあざやかさだろうと思った。初対面において、ぱっと子どもの気持ちをつかんでしまう巧みさは、出色のものだった。対話とは、こうあって初めて対話に値するという感じもした。

マリヤは、子どもたちのコーラスをしあげていくけれど、そのもとは、すでにあの初対面の心をとらえるやさしさと巧みさに見いだされるようだった。マリヤを演じたジュリー・アンドリュースは、その歯並みも目もともすばらしいひとだった。清爽さはそこにもあった。

昭和40・12・31

ひぐらし[18]

八月五日（木）の日記に、つぎのように記している。

――あけがたの五時、ひぐらしが一匹、窓の外の木に近くきて、すばらしい声でないた。銀色の笛の音のようであった。あんなに近く、すばらしいひぐらしの声を、初めて聞くことができた。

これは、出雲市の武《たけ》志山荘に泊まって、小高い山の上の茶室風の離れに、東京から見えていた青木幹勇氏とともに休んでいたときのことだった。氏は古田拡先生とともに、出雲市の夏期授業研究に毎夏こられる例になっていて、ここに宿っていられたのである。

早朝のこととて、あたりは静かで、蚊帳の中で、ゆめうつつに耳にし、そのあまりのみごとさに感じ入ったのだった。ひぐらしにしてみれば、木立の中で鳴きなれていて、別に人の気配をも感じないまま、ごく自然におびえることもなく鳴いたのであろう。いや歌ったのであろう。――それは清明な歌いぶりだった。

わたくしは、四国の山村で育ち、日ぐれがたにひぐらしの鳴く哀愁にはひたってきたほうだ。ひぐらしは、かなかなかなと、日ぐれにもあけがたにも鳴く。それはかすかでやや細く、いつも遠くの山かげから聞こえてくる。ひぐらしの声には、距離感があった。

昭和三四年の夏、学生有志と九重山にのぼり、おりて、竹田城址をたずね、あちこちに鳴いているひぐらしの声を耳にしたときも、やはりはるかさがあった。

出雲の山荘で聞いたのは、距離感がなく、あまりに近かったので、印象に刻まれたのだと思う。一匹狼ではなく、一匹ひぐらし。このことばはそぐわないが、まさに一匹ひぐらしとの奇遇にはちがいなかった。

山陰路の暁に、久しぶりにわがねむりをおどろかしたひぐらしは、天来の歌だった。

昭和40・12・31

漫画漫想[19]

わたくしのうちでは、「朝日」・「週刊朝日」・「アサヒ　イブニング　ニュース」などを購読しているので、いきおいそれらに載せられている漫画に親しむことが多くなる。

「サザエさん」は、ずっと楽しみにしている。作者の長谷川町子さんが同年齢ということもあって、ふつうの読者としてよりも、もっと親しいものを感じる。今までに過労がもとでノイローゼになって、休載されたことも数回あったが、そういうときには、いつものできばえに比してやはり調子が出ないようだ。材料やギャグを得られるにはいろいろ苦心があろう。作者の調子のいいときは、そのように感じられる。気に入ったのに出会うと、ときには家族間でまわし読みをしたりする。「サザエさん」は、家庭漫画として根をおろしているというべきであろう。

横山泰三氏の「社会戯評」は、これまた欠かさずに見る。むだのない線のよさに感心する。諷刺についてては、諷刺されているほうが、いったいどのように受けとるものかと思ったりする。「戯評」がこれほどぴったりする漫画もすくないのではないか。

岡部冬彦氏の「アッちゃん」は、今はカラーになった。新しい世代の家庭漫画で、冬彦氏の子どもへの眼と抒情とを感じる。子どもの眼のとらえかたに、新しさも不安もある。

これらの作者の「サザエさん」・「アッちゃん」以外の漫画を見て、さほどに感心しないのは、どうしてだろう。まさか手を抜いているのでもあるまいが、登場人物へのなじみが少ないからということか。

「アサヒ・イブニング」では、Mort Walker 氏の兵隊漫画 Beetle Bailey を最も好む。作者はどういう人か、知りたい気がする。軍曹殿と兵士たち、英文吹きだしもわりとわかりやすく、思わずふきだしてしまう。この漫画には戦争の残酷さはどこにも出てこない。

昭和40・12・31

昼の月 [20]

こういう題で、佐藤春夫氏に、つぎのような作品がある。

野路の果、遠樹の上／空澄みて昼の月かかる。
あざやかに且つは仄《ほの》か／消《け》ぬがに、しかも儼か。
見かへればわが心のあを空／おお初恋の記憶かかる。

——「春夫詩鈔」——

冒頭に、「野路」とあるからというばかりでなく、好きな詩である。少年の日から、道を歩きながら、ふと昼の月を見つけて、なつかしがり、それをくりかえしてきた。そのことがまずこの詩に共鳴させたのであろう。

あざやかに且つは仄か／消ぬがに、しかも儼か。——なんという的確なつかみかただろう。佐藤春夫氏のことばの選びの鋭さを、痛いほどに感じる。

わたくしにも、初恋の思い出がある。それをなつかしむ気持ちが、この詩をいっそう好きにさせたのであろう。

見かへればわが心のあを空／おお、初恋の記憶かかる。——昼の月の青空でのおもかげがまんなかの二行で、しっかりととらえられているだけに、この終わり二行がまさに生きてくる。余韻がせつないほどである。

初めの二行、野路の果、遠樹の上／空澄みて昼の月かかる。——出だしとして、無理がなく、景を鮮明に描いてある。このうたいだしは、終わりの二行と緊密に対応している。空澄みて昼の月かかる。／おお、初恋の記憶かかる。巧みである。

「初恋」をうたって、藤村のそれとはまたちがった味わいがあり、わが愛する詩の一つである。

昭和40・12・31

21

大役—司会—

一九六五年（昭和四〇）大みそかのＮＨＫ紅白歌合戦をテレビで見た。白組（男性軍）の司会者は、宮田輝アナウンサーで、紅組（女性軍）のそれは、林美智子さんだった。結果は、一四対一一で白組の勝となった。両軍個々の歌手の歌および歌いぶりのほかに、司会のしかたが、わたくしの興味の一つだった。

宮田アナウンサーは、相手を揶揄したり、皮肉ったりするやりかたでなく、白組のメンバーが順々に歌う「うた」とその「歌い手」について、それらを会場および全国の視聴者にうまく印象づけるように、伏線をしいたり、関連づけをしたりしながら、自然に紹介していった。「素人のど自慢」や「三つの歌」で養ってきた、宮田アナの今までの司会経験をそこに織りこみ、生かしているようだった。

林美智子さんの司会は、そのぶらない人柄がよかった。ただ「紹介」の一単位をとってみれば、その前半では、白組の歌にからみ、それをバネにして、なにかを述べ、紅組の歌手を紹介するようにした。その攻撃型・紹介の身ぶりなどの「民放型」も、すでに古いパターンのものであることに、林さんは気づいていなかったらしい。その白組への挑戦風なもの言いが、やや浮きあがり、自分の組の紹介を薄手にしてしまったことは否めない。

林さんが「初出場」という語を、あがり気味でとちったことなど、その司会のしかたの感覚の古さに比べれば、まだミスとしては軽いと言える。「初出場」を、「初めて出られました」とか、どんなにあがっても、とちりようがないようにくふうしておくことも、細心の注意にはちがいなかったが。

ちなみに、審査員の中では、藤村志保さんの微笑が、カメラを受けるたびにかがやいた。「紅白歌合戦」の司会にも、高橋圭三・宮田輝両アナのほかに、天性のかがやきを見せる人は、少ないようだ。司会はどんなばあいにも、ほんとうに大役である。

昭和41・1・3

散髪先生[22]

わたくしの行きつけの理容院のあるじは、電気バリカン理髪では日本選手権を得ているひとで、その方面のリーダーで通っている。

復員後、三篠橋（広島市）のたもとで小さい店を開いていたころから、わたくしは通っている。東京で一度、沖縄で二回、刈ったほか、もう一〇数年もこの店で、ずっとつづけて刈ってもらっている。理容美についての論文を、ニューヨーク・ブタペストの雑誌に載せたこともあるらしい。自分の専攻の仕事に没入し、それを楽しむタイプで、仕事のほかには、ときに絵（水彩画）を描くことくらいを趣味としている。

この理容院には、この先生を慕って、多くの内弟子が泊まりこんで修業している。つづけて通っているうちには、そういう人たちともしぜんにものを言うようになり、散髪に出かけることが苦にならなくなる。この店はいつ行っても、満員の盛況で、みんないきいきと働いていていてすがすがしい。

内弟子たちが、働いていくうちに、おのずと理容のうでを上げていくのが、客としてのわたくしにもよくわかる。つぎつぎと店のチーフになった青年が、責任感に立ち、店全体のことに心をくばって、たちはたらいていくのも快かった。

しかし、ときに、主人に刈ってもらうと、そのつど、そのうでのたしかさ、心くばりのこまかさに、感嘆する。顔をあたるとき、むしタオルの置きかた一つ、剃るということにぴったりとつながっていて、なるほどと思う。バリカン・はさみの使いかたのことは、もとよりである。

大みそかの晩も、所定の時刻までで、あとは店をしまう。延長せず、そういうふうにするのは質のいい仕事をしたいからだという。広島に住むようになって、散髪の達人にめぐりあえたことは、わたくしのしあわせの一つである。

昭和41・1・9

読書の年輪[23]

読書による人格形成のありさまは、年輪を密にもった樹木の繁茂していくすがたにもたとえられよう。風格のある読書人は、またゆたかな緑の美をたたえ、小鳥の歌をやどらせ、風雨にも負けぬ大樹にもたとえられよう。地中深く根をはり、天空を目ざして伸びることをやめぬ樹木には、静かに自己充実をはかって、心情・思索をゆたかにつよいものにしていく読書人のおもかげがある。

自己の読む生活をふりかえってみると、幼児期にものを読むということをおぼえてからこのかた、読むことについて、かなりの年数をけみし、そこにしだいに年輪のきざまれているのに気づく。よく見ると、その年輪には、読む生活の時期ごとの苦しみ・よろこびがしみこんで、そこに深い陰影も認められる。

読書をつづけて、それを生活の中に位置づけてたゆまぬ人には、それが趣味的なものであろうと、楽しみ読みを中心にしたかりそめのものであろうと、しだいに読むことが調整されて、深みが見られるようになる。つまり、そこに読書によるその読み手の個性の年輪がおのずときざまれるようになってくる。

人おのおの〃読書の年輪〃ともいうべきものを持って、自己の読むことを確保し、継続していくところに読書の真のたのしみは、見いだされるように思う。その年輪は、袋小路ではなく、細くはあっても、その人なりに新しくつくりだされた、かけがえのない道である。それは発見のよろこびや想像のたのしさにいろどられた道でもある。

早春の広島の空の青さは、言いようのないほど美しく、わたくしをひきつける。読書の計画にさらに思いをひそめていくべき季節、いっそうはりつめた読書をと願わずにはいられない。

昭和41・1・18

雪の日[24]

昭和四一年一月二五日、広島の市内にも、久しぶりに雪が降った。九センチも積もって、歩くのに難渋するほどだった。

午後三時すぎ、白島町にあるY学園まで用事で出かけ、帰りを歩いた。雪をかぶった遠くの山も、急に近い感じだ。

小学校四・五年生かと思われる男の子が、西瓜くらいの大きさの雪塊をかかえて、帰っている。下校の途次に、だいじそうに雪をかかえてくるのが、目にとまった。そのポーズは、子どものものだ。その子には、その雪のかたまりが、なによりもねうちのあるものに映っていたのであろう。――子どもの世界にある価値感、それに触れた感じだった。

さらに、通りを歩いていると、小学校五・六年生かと思われる男の子が、わたくしの目の前で、手ぶくろを落していった。鶯色のものだった。小走りに行ってしまったし、どうしようかと迷っていると、しばらく行って、ひょいとふりかえった。合図をしたら、すぐわかって、引き返してきた。

自分の手ぶくろを拾うと、雪にぬれたところを、通りがかりの石塀にはたとたたいてしずくをはらい、帰っていった。

そこにも、わたくしは、子どもの姿を見た。小学校時代、二番目の姉の薄紫色の大きな手ぶくろを借りて、雪の山道を歩いていったのを思い出した。

Y学園の女子中学生が三人、たわむれに雪つぶてを投げながら、帰っていた。中の一人は、ほかの二人に投げられながら、しきりに、女学生特有の「オカーチャン!」を、笑いつつつくりかえしていた。それも、雪の日の光景らしかった。

雪道を帰りながら目撃したことは、いずれもゆきずりの子どもたちに関することだった。それらは、いかにも雪の日らしいことだった。

昭和41・1・25

若さ[25] —欣豫—

あれは「東洋倫理」の時間であったろうか。白木豊教授（漢文学専攻）が、ふと、「青年たのしみなきも、自ら欣豫す。」ということばを、板書して示された。これという楽しみがなくても、おのずからに欣豫しうるものをもつのが若さというものだと、説かれたのである。

「たのしみなきも、自ら欣豫す。」――わたくしには、このことばが脳裡にきざまれて、忘れがたい。その後も、ずっと折にふれて思いおこすことが多いのである。

このことばを説かれるとき、白木教授には、いいことばを見いだしたときの、〃発見のよろこび〃とでもいうべきものが感じられた。心から心へ、ことばが伝わるときには、こうした微妙な一瞬があるように思われる。

「たのしみなきも、自ら欣豫す。」――それは、負け惜しみの強がりではなくて、もっとおおらかで、深く、味わいの尽きぬ境地のようである。

母校の学窓を離れてから、与謝野晶子のうた、「若き日のやんごとなさは王城のごとしと知りぬ流離の国に」に出会った。充実した青春を送った晶子の述懐として、このうたは、わたくしに興味深かった。うたとしては、ややかたい感じだが、そこには晶子の若き日への嘆きが汲みとれる。

このうたに出くわしたときも、「たのしみなきも、自ら欣豫す。」の語が浮かんできた。若さというものの不可思議さをつかんでいるこのことばは、晶子の「若き日のやんごとなさは」に触発されて、ごく自然によみがえってきたのである。

生涯を通じて、折にふれては、胸に新しく思いおこしうることばがあるということは、しあわせであると思う。そういうことばは、若き日にきざまれる、忘れがたい、もろもろのことととともに。

昭和41・1・27

〃白雲無盡時〃

桂園井上政雄先生のご退官記念の謝恩送別会が、昭和四一年三月二一日、春分のうららかな日に、広島市内グランドホテルで行なわれた。遠く熊本・大分・岡山からも参会者があり、八〇数名にも及んだ。

桂園先生は、参会者のために、記念に、「博一粲」（お笑い草までに）と三文字のうわがきがふくよかに書かれた色紙を贈られた。

わたくしのいただいたのには、〃白雲無盡時〃とあり、久米公君のには、〃独歩青天〃とあった。また、白石寿文君のには、〃愚公移山〃とあり、研究生としてこの一年広島に残った、鹿児島の秋丸明子さんのには、〃有徳者昌〃とあった。それぞれことばを選んで揮毫されたのであろうが、それらが任意にいただいた人に、もっともふさわしいものに思われるのは、不思議でもあった。

わたくしの前にくばられた色紙に、〃白雲無盡時〃とあったのには、よろこびが深かった。桂園先生のお書きになったこの五文字から、わたくしは、深山高峰を思う。そこに去来し、碧落に湧いて浮かんで静かになかなかがやきをみせる白雲のたたずまいを思い描く。

かつて、年少の時、旧制中学の校庭にあって、大きく古い欅のこずえに浮かぶ白雲をふり仰いで感嘆久しうしたことも、よみがえってきた。この五文字には、まさに尽きせぬものがこもっていた。桂園先生には、高師時代、四年間も書道を教わったのに、わたくしはまさに不肖の生徒であった。けれど、先生からいただいた書（色紙）に、汲むべきものを汲むことには心をこめていきたいと願っている。

九〇枚の色紙を揮毫されるのに、先生は数百枚も書かれたのだという。もって、先生の自己へのきびしさを知るべきであり、襟を正して、わたくしたちは自己への精進を誓わずにはいられない思いがしたのである。

昭和41・3・21

27 〝ほたる合戦〟

岡山県勝間田小学校で研究会があり、出向いた時のことだ。校長室で待っていると、「滝川もなか」をすすめられ、その一つを賞味していると、岡山県小学校国語教育研究会長の卯野順平先生が、この「滝川」はほたるの名所だと話された。それも台風の被害を受け、川が改修されて、堤防がコンクリートづくりになってからは、ほたるが滅びかけているともつけ加えられた。

このほたるの話題を、勝間田小の校長天児《こ》先生がひきとって、滝川の源氏ぼたるは、二つの集団にわかれて、相対立するように、ひかりつつ動き、闇夜のそれは、まことに壮観で、これを「ほたる合戦」と呼んできたものだと説明された。

「ほたる合戦」ということばを耳にしたとき、わたくしは、ほたるを捕獲する競争をさして「合戦」と言われているのかと思ったが、それは明らかに誤解だった。それなら、「ほたる狩競争」とでもすべきものだった。

「ほたる合戦」——このことばづくりには、源氏ぼたる集団の飛行移動の特異な様相を的確につかんで、イメージに描きやすいように名づけた、民衆の知恵のようなものが感じられる。「合戦」とあるところからすれば、この命名は、中世以降の造語であろうか。あるいは、もっとさかのぼることもできようか。

「滝川」の源氏ぼたるそのものが絶滅に瀕しているとすれば、やがては、この「ほたる合戦」という語も、亡びてゆくであろう。そして、祖先たちの想像力・造語力の一端も、見失われるかもしれない。

せめて、このことばだけでも、その語感、用いられかたなどについて調べ、なお、「ほたる合戦」そのものについて、描写し記述しておくべきではないか。「ほたる合戦」、これはしばらくぶりに出くわした、イメージゆたかな語だった。

昭和41・3・21

源平桃[28]

毎年三月もなかばになると、小さい道をへだてたすぐ前の隣家から、家内が紅白とりどりの花弁やつぼみをつけた、源平桃をもらう。紅白とりどりに、ないまぜにしたようになっているこの桃の花は、まことに「源平」と呼ばれるのにふさわしい。

隣家には、この源平桃のかなりの大きさの木があって、これが満開になるときは、みごとである。あたりにまで、におやかさがただようようである。

いま住んでいる基町地区は、戦後間もなく建ち並んだ、市営住宅街であって、樹木もない原爆沙漠に密集していたから、みじめで寒々としていた。けれど、あれから二〇年を経てみると、戸毎に樹木も草花もしげり咲くようになって、緑に囲まれて、いくらかは住宅らしくもなったのである。

隣家に源平桃が咲きそろい、その数枝をわけてもらうころになると、いかにも陽春という感じがあふれる。春たけたというのではないが、さわやかに明るいのである。

源平桃をもらってくると、家内はしばらく水にひたしておく。「この源平桃は、紅白の花を咲かせるだけで、実はならないのですね。」と、ひとりごとのように言いながら、そのめずらしさをめでている。

やがていけられた源平桃は、せまく小さい玄関先に置かれる。ここでゆたかなたたずまいを見せる。陋屋に住んで、それは小屋同然であるけれど、源平桃のにおうわが家には、やはり春の気はいがあふれる。

春の日ざしをいっぱいに身に浴びてすごした年少のときは、再びとりもどすすべとてないが、源平桃の花枝のみごとさに接すると、失われた日のゆたかさがよみがえってくるようだ。ことに日ぐれどきのうすら寒さの中に、満開のこの花を見ていると、胸の奥にあるせつなさが急にこみあげてくる。

昭和41・3・21

苔博士のこと[29]

広島の学園で、三七年も植物学ひとすじに歩まれた、堀川芳雄教授が、ことし（昭和四一年）三月末で、定年退官される。地元紙「中国新聞」は、「この人に聞く」という欄に、写真入りで、博士へのインタビュー記事を載せている。

専攻は「地球植物学」（植物社会学）。博士の指導・審査された学位論文は、三九にも及んでいるという。

訪問記は、つぎのように結ばれている。

――終戦後、天皇を宮島へ案内されたとき、陛下の足を踏まれたそうですね。

堀川　昭和二二年一二月七日、紅葉谷付近で植物の説明をしながらご案内していたときです。陛下はとても熱心な方で、珍しいシダを発見された。ひとりでつかつかとヤブの中にはいって採取され、私に名称を聞こうとあわてて引き返してこられた。お供をしてヤブの中へはいろうとしたとき、踏んでしまったわけです。「たいへんなことをしました。」とおわびをしたら、「ちっとも痛くない。」とおっしゃった。しかし兵隊グツだったし、さぞ痛かったのではないかと思います。大失策でした。（「中国新聞」夕刊、昭和41年3月22日）

わたくしにも、忘れがたい思い出がある。学生時代、原村（広島県下賀茂郡）の演習場に泊まりこんで、軍事訓練を受けているときのことだった。引率して、宿舎から演習場へ出かけていく途中、池のほとりの道路を進んでいるとき、ま裸になって池中に佇っておられる堀川教授の姿を見かけたのだ。そのとたん、引率者のわたくしはとまどったが、池のほとりを隊伍が行きすぎてから、「かしらみぎ！」の号令をかけた。学生の付添いでみえたのに、高原の池中にとびこんで、つかのまも調べていられた博士の姿がいまもあざやかなのである。戦時下、報国隊の大隊長をされた堀川教授の雄姿も眼底にある。しかし、それはやはり学者としてのりりしさだった。

昭和41・3・25

小　話 30

フランス・アメリカ・日本などの小話を紹介したとき、つぎのようなのもついでに挙げた。

女性読むべからず‼

九千万のわが女性の皆様の中で、八千九百九十九万九千九百と九十四人の方々がみんなそっとこれをお読みになります。そして残りの六人の方は調査したところ盲人でした。

（上野景福著「アメリカ小話集」高文社、六七ぺ）

これは、小話としては、口頭による紹介よりも、黙読して味わうほうが、いっそうふさわしいであろう。

これら小話を含めて、一般教養「日本文学」のノートを、提出するためまとめた、某女子短大生は、この小話のつぎの余白に、

先生‼　中を読むべからず‼　としるした、封筒を、ホッチキスでとめていた。なんだろうと思った。やっぱり、「べからず」とあると、開封をためらった。しかし、小話の条にこうしてあるのだから、開いてみることにした。中には、

これを読んでくれない　先生なんか　大キライ‼　とあった。

わたくしは、「ヤラレタ。」と思った。そして、この女子学生は、小話の機微がつかめていると思った。すぐれた、ややこみ入った小話を紹介すると、きょとんとして、しばらく笑おうとして笑えない聞き手もいたりするのに、このOという学生は、にくらしいくらいたくみに、その呼吸をつかんでいるのである。わたくしは、この試みを、せつないほどのコミュニケーションだと思った。既成小話に負けない新鮮さをも感じたのである。

昭和41・3・27

31
〝染井吉野〟

三月二四日（木）の「天声人語」には、さくらの花のことが話題とされていた。その中で、日本人に愛される〝染井吉野〟の起源のことが述べられ、とくに心をひかれた。

そこでは、竹中要博士（国立遺伝研究所）が、通算三〇余年かかって、ついに〝染井吉野〟の出生をたずねあてられたことを、つぎのように述べてあった。

▼伊豆七島や伊豆半島南端、房総南部に天生する大島ザクラは大きな白い花をつける。別種の江戸彼岸ザクラは本州から九州までの山地に天生し、小さな淡紅色の花をつける。いろいろ調べた結果、竹中博士は、染井吉野はこの二つの種類の混血ではないかと仮説をたてた。五年かかって交配した結果、みごとに染井吉野の花がひらいた。▼起源を追究する間に、天城ザクラ、伊豆ザクラなどいくつもの品種を発見したり、修善寺ザクラなどの新品種をつくり出した。染井吉野は惜しいことにテングス病やスモッグに弱い。これを強くしようと新品種の「昭和ザクラ」をつくり出した。▼名花の出生をさがしあてた篤学者が六二歳で死去したのは、さる一八日である。花よりひと足さきの死だったが、ことしの染井吉野の花ぐもりは、知る人には感慨がふかい。（昭和41年3月24日、「朝日新聞」）

竹中博士の〝染井吉野〟の起源・出生の探求心については、研究を事とする者にとって、心をひかれることが多い。「二つの種類の混血ではないか」という仮説をたてつつ、みごとに花を開かせて、その実証をしていくくだりなど、研究者としてのよろこびをからだいっぱいに感じられたにちがいない。新品種の発見・造出についても、胸底のよろこびは深かったにちがいない。

「天声人語」の右の結びも、おくゆかしいが、研究ということをひたと感じさせるのは、こうした事例に接したときである。

昭和41・3・27

指揮棒[32]

ヘルベルト・フォン・カラヤンの率いるベルリンフィルハーモニー交響楽団が広島を訪れた。昭和四一年（一九六六）四月二九日（金）のことである。

当夜の曲目は三つあったが、圧巻はベートーベンの第五「運命」だった。目のあたり見る、第一楽章の出だしは、まったく迫力に溢れていた。息がつまりそうだった。テーマをくりかえし、おわりに近づいたとき、ふとしたはずみに、白くほそい指揮棒は、カラヤン氏の右手を離れて、床上に落ちてしまった。一瞬、聴衆のほうがはっとしたが、指揮はそのまま両手でつづけられた。

演奏中に、指揮棒が指揮者の掌中から逃げだすことは、まれなことなのかもしれぬ。しかし、その稀有なことも、「運命」という曲の力に溢れた進行の中では、不吉や凶の感じを与えるものではなかった。

第一楽章がすむと、メンバーのひとりが指揮棒を拾い、台上のカラヤン氏にかえした。それはごく自然なしぐさだった。それがまたオーケストラというものを感じさせた。

第五は、つぎつぎと可能なかぎりの音をかもしだすように進み、それは一息に指揮し、全力を集注して演奏するという気魄にみちたものであった。自在な指揮ぶりにも、個性と風格とがあって、それは驚異でもあった。

腰をかがめるときには、やさしさとはかなさがにじむのに、こぶしを固めて、力のかぎりを渾身にこめるきびしさは、あの痩軀小身に、どうしてあんなにという思いを誘うた。

会場（広島市公会堂）でもとめた、「目録」に、カラヤン氏の写真と署名とがあった。その署名には、暢達した線がくさむら（叢）のように密集していた。そこにも、このひとの独自のものを感じさせた。「運命」を一個の作品の創造として、感じとることができたのは、ことにうれしかった。

昭和41・4・29

出版記念祝賀会

――真下三郎先生著「遊里語の研究」――

真下三郎先生の新著「遊里語の研究」（東京堂刊）の出版を記念して、祝賀会が開かれた。広島市でのこの種の催しはめずらしい。毎日会館五階、広島クラブにおいて、開かれた。昭和四一年四月三〇日（土）の午後のことであった。

森田　武博士の新著紹介は、周到綿密、懇切と犀利とを兼ね備えたものであった。あと、真下先生みずから、著者よりも的確と、その名紹介をたたえていられた。

真下先生は、昭和一七年（一九四二）夏に、文部省から広島高等師範学校に来任された。当時すでに、婦人語（女性語）研究にとり組んでいられ、つぎつぎに論考を発表されていた。昭和二三年に刊行された「婦人語の研究」は、それらを集成されたものであった。

このたびの「遊里語の研究」には、やはり、先生の「決意」がこもっており、「宿願」がこもっている。「音便現象」、「女房ことば」、「遊里語」という問題群のうち、とくに「遊里語」をとりあげて、追究されたところに、慧眼がある。

真下先生のゆたかな人間関係と多彩な社交ぶりは、すでに定評がある。しかし、それらは、やはり、先生の〝虚〟の部分であるような気がする。「婦人語」・「遊里語」の研究は、先生の業績のうち、〝実〟の部分であり、それは、〝一つの歌〟としての座を占めるものであろう。

真下三郎先生の特質は、おそらくこの〝虚実〟皮膜の間にあって、そこに常人のまねすることのできないものが漂うている。

先生には、別に「近世の国語教育」（文部省刊）という著があり、この領域では唯一といってよいほどのものとなっている。

〝宿願〟の結晶を記念しての会は、さすがに充実したものであった。さらっとしていて、真下先生は涙もろさをかくしていられたが。

昭和41・4・30

民話一つ[34]

佐々木喜善氏の「聴耳草紙」(昭和39年9月2日、筑摩書房刊)には、一八三番の昔話が収められている。その一八三番めには、いわゆる「きりなし話」が五話採録されているが、その一つは、「橡の実」と題する、つぎのような話である。

「ある所の谷川の川端に、大きな橡の木が一本あったジも、その橡の木さ実がうんと鈴なりになったジもなア、その樹さ、ボファと風が吹いて来たジもなア、すると橡の実が一ツ、ポタンと川さ落ちて、ツブンと沈んで、ツポリとどんむくれ(転回)て、ツンプコ、カンプコと川下の方さ流れて行ったとさ……

(こういう風にして、その大きな橡の木の実が風に吹かれて、川面に落ちて一旦沈んでそしてまた浮き上って、そこから流れてゆく態を、際限なく語り続けてゆくのである。)

(同上書、三〇〇〜三〇一ぺ)

ここには、ボファ→ポタン→ツブン→ツポリ→ツンプコ、カンプコと、擬音・擬態語が集中していて、橡の実の風を受けて落下し、流れていく有様が目に浮かぶようである。同時に、子どもたちに聴かせる話として、独特のリズムを持っている。

これは、東北の遠野(岩手)あたりに伝承された民話として、素純なものであるが、こうしたことばの味わいには、つきせぬものがある。これらは、日常生活に用いられていたことばで、特別にこしらえたものではないかもしれない。けれど、新鮮な印象を受ける。

「きりなし話」(際限もなく話を運んでいく)には、どうかすると、やや投げやりな、そっけないものが多い。つまり、一級品は少ないのである。そういう中で、この「橡の実」の話は、ずばぬけていると思うが、どうであろうか。

昭和41・7・14

35

いたずら

宮島の名刹大聖院の坊に、Y女子短大の文芸部が合宿したときのことである。文芸部顧問のK教授が入院中で、学生に請われて、わたくしは、英文学専攻のI講師とともに、付添うことになった。

八月二八日（日）の夕方、一日遅れて、わたくしが坊に到着し、寺の麓の渡辺旅館まで入浴のため、降りていこうとして、玄関に出て、靴をはこうと思い、右足を踏み入れたとたん、思いがけぬ足ごたえがあった。わたくしは、「おっ！」と声を出しつつ、驚き、同時に、「へびだ！」と思った。

右手でその靴をとりあげ、振ってみると、はたして小さい蛇が出てきた。と、へやの中から、学生たちのわっという声がして、それは、おもちゃのへびだということがわかった。――わたくしは、久しぶりに学生にいたずらをされた。それはほんとうに久しぶりのことであった。というより、初めてかもしれなかった。

合宿して研鑽しようとする学生＝先生の間に、そういう「いたずら」を企てるということが、わたくしには、一面新鮮であり、他面はかない感じだった。その「いたずら」には、後で聞けば、予行演習までしてあったのだという。

新鮮さと徒労感と、「いたずら」には、いつもそういうものが抱き合わせのようにある。「いたずら」をまにうけて、烈火のように怒るのも興ざめなものであるが、わたくしは、一種おとし穴に足を入れたような感じだった。「いたずら」を媒介にした、それを花火のようにしかけていく、舌たらずの人間関係に、むしろ興味を感じた。

いくらか非情な裏がえしの親愛感――そういうものが「いたずら」から感じられるようにも思ったのである。

昭和41・9・3

靴のひも[36]

一九六一年（昭和三六年）八月、垣内松三賞の受賞式に出るため、上京した。その夏は、どういうものか、極暑であって、目黒の宿から、目白の日本女子大付属豊明小学校へ行くまでに、全身汗びっしょりになるほどだった。

受賞式を終わって、宿に帰ってくる途中、靴のひものきれているのに気がついた。急に肩身の狭い思いがしてくる感じだった。広い大きい東京で、靴のひもを買い求めるのは、かえってむずかしく、きれたひもをつないで、すまそうとした。しかし、依然として気になってしかたがなかった。二日目であったか、ふと、

靴のひも切れしままなる暑さかな

という句ができた。とたんに、つないですましている靴のひものことが、それほど気にならなくなった。胸のふっと軽くなっていく感じがあった。

一九六六年（昭和四一年）三月、学生たちと大和地方への文学遺跡探訪の研究旅行に出た。飛鳥路をめぐっているうち、またもや靴のひもが切れてしまった。つなぎとめ、つなぎとめしても、古びたひもは、はしから切れてしまって、とどまらなかった。三月三一日、奈良市の靴屋さんで、新しいひもを買い求め、やっとほっとした。靴屋さんは、仕事をしながら、横目でわたくしの靴のものを見て、女店員に顎でひもの品を指示した。それくらいで恥じ入るわたくしではないのだが。

藤島茂氏が、東京駅長に、陛下ご臨幸の際の先導の心得をきいたところ、「靴のひもをしめておけ。」ということだったよし。新聞紙上で、それを読んだときは、いくらか奇異にも思ったけれど、わたくしはしだいに深くうなずいていった。

ある種の油断をしていて、靴のひもに心がぐらつくという経験は、だれしもあるのだろうか。ひもだけの問題ではないようだ。

昭和41・9・3

37 意解と事解

漱石の「明暗」に、つぎのような一節がある。

「誰が来るんだ」

「誰でもない、僕よりもまだ余裕の乏しい人が来るんだ」

小林は裸のまま紙幣を仕舞い込んだ自分の隠袋《ポケット》を、わざとらしく軽く叩いた。

「君から僕に是を伝えた余裕は、再び是を君に返せとは云わないよ。僕よりもっと余裕のない方へ順送りに送れと命令するんだよ。余裕は水のようなものさ。高い方から低い方へは流れるが、下から上へは逆行しないよ」

津田は略《ほぼ》小林の言葉を、意解する事が出来た。然し事解する事は出来なかった。従って半醒半酔のような落ち付きのない状態に陥った。（岩波新書版全集、「明暗」下、一五九ぺ、傍線は、引用者。）

漱石が、登場人物の対話の機能や効果をとらえて、簡明に述べていく方法の巧みさには、すでに定評がある。ここでも、意解・事解という語を用いて、津田の小林のことばへの理解のしかたを、うまく使いわけているのである。

ひとり津田だけでなく、「意解」にとどまって、「事解」にまで深くはいることができない者は、また、できないことは、すくなくないように思う。

生活経験を通して、また、一つ一つのできごとを通じて、理解する力が深まっていく。単に、平板に意味するところをそのつながり・まとまりとして受けとめるだけでなく、意味を生む文脈・場面の中で、その表現行為の内側にあるものを、的確につかんでいくことが、「事解」になっていくのであろう。

「事解」の次元から「意解」の次元を照らすとき、「意解」に立つ者の心をゆさぶるのではないか。そこに、解釈の深まる契機が認められるようだ。

昭和41・9・3

涙[38]

昭和二〇年（一九四五）一月はじめ、わたくしは学徒出陣のため、四国の大洲市の山の中にあるわが生家をあとにし、仙台の陸軍飛行学校にはいることになった。出征にあたって、近隣の人々がわが家に集まり、別れの盃をあげた。あいさつの中で、わたくしが「生きてふたたびここにもどろうとは思わない。」と言ったとき、すぐ隣の席にいた、老いた父は、叫びともうめきともつかぬ、わたくしにのみ聞きとれる声を発した。——終戦後も、ずっと、わたくしは、このときの父の「声」を、折にふれて思いおこし、そのつど、そこに解き尽くせぬ父の情を見た。

昭和四一年（一九六六）九月、わたくしは北海道旭川での学会に出席し、特急「白鳥」で青森から大阪へ出る途中、この春から、福井大学工学部に学んでいる長男澄晴に、「一四ヒ一七ジ四六プンフクイエキニデナサイ』トクキュウハクチョウ一四ゴウシャ』チチ」と打電した。福井駅では、停車時間わずかに六〇秒であったから、北海道みやげ「バターせんべい」などを入れたふろしき包みをすばやく渡し、旅費がいくらか残ったから、本代にと、すこしのものを渡した。子どもは、本代と聞いて、にこっとした。

発車し、やがて子どもの姿が見えなくなり、着席してから、わたくしは、急に涙のこみあげてくるのをおぼえた。それはまったく予期しないことだった。入学式へ、母とともに福井へ出かけるときにも、感じないものだった。長男の合格のことは、三月末、大津市のさざなみ荘に学生の研究旅行引率で泊まっているとき、家からの電話で知った。とたんに、子どもを遠くへやるという、子どもが離れてすむということの「せつなさ」が胸にきた。列車での不意の涙は、それよりもさらにつよく、わたくしは、二一年前の、わが父の心情をも、初めてうかがいえたように思った。

昭和41・9・15

旧友[39]

北海道旭川で、授業研究関係の学会が開かれ、はるばるたどりゆき、参加した。昭和四一年（一九六六）九月上旬のことである。ここで、わたくしは、旧友鈴木淳一氏（国文学者、旭川分校助教授）に再会した。

学会終了後、鈴木氏の宅に招かれ、つもる話に色とりどりの花を咲かせた。――鈴木氏もわたくしも、広陵の学窓にあったころは、岡本四明教授に、作歌の手ほどきを受け、その主宰される短歌結社に籍をおいていた。そのころの鈴木氏の歌に、「ゲートルにつきて乾ける赤土を帰りて午後の日溜りにおとす」とあったのを、わたくしは、おぼえている。この歌には、氏のほのぼのとしたあたたかいものが、よく表われている。

鈴木氏もまた、拙作「しぐれくる思ひをたちてはればれと甲種合格のわが身を運ぶ」をおぼえていてくれた。旧友はありがたいと思う。氏の記憶を通して、すでに忘却の底においてあったはずの「しぐれくるおもひ」がよみがえってきた。わが青春の傷痕は、ある共感をもって、旧友の胸にあたためられていたわけだ。

その夜、鈴木氏宅には、旭川での氏の同僚、わが旧制中学の後輩M氏夫妻も招かれ、つい旬日前に鈴木氏宅に泊まられた、恩師ご夫妻の清純のかぎりを尽くされた、愛のすがたが話題の中心となった。わけて、鈴木氏夫人の受けられた感銘は、もっとも切実であった。

さて、床の間を見ると、四明先生の「さいはての地に咲きいでて蝦夷つつじ白く小さきがあはれなるかも」の軸がかかっていた。岡本先生が一〇年近く前、この地に旅されたとき、案内の役をつとめ、先生から、わざわざ表装して贈られたものという。そういえば、わたくしは、このお歌を、先生の広島のお宅でも、拝見していた。こうして、二回も見られるのは、まさに眼福であった。その夜のわれらの放談を、先生は慈顔微笑をもって聞いていらっしゃったであろうか。

昭和41・9・15

海[40]

三好達治氏に、「郷愁」と題する、すぐれた詩がある。

蝶のやうな私の郷愁！……蝶はいくつか籬《まがき》を越え、午後の街角《まちかど》に海を見る……。私は壁に海を聴く……。私は本を閉ぢる。私は壁に凭れる。隣りの部屋で二時が打つ。「海、遠い海よ！　と私は紙にしたためる。――海よ、僕らの使ふ文字では、お前の中に母がいる。そして母よ、仏蘭西人の言葉では、あなたの中に海がある。」(「詩集朝菜集」、昭和18年6月20日、青磁社刊、四七ぺ)

フランス語の La mère（母）の中に、La mer（海）を見いだしているのである。一言一句、一文字をもおろそかに扱わなかった、詩人のことば感覚の鮮烈さを、わたくしは、そこに見る。そして、詩人の郷愁のどこにあったかをも。

また、ヘミングウエイの「老人と海」には、つぎのような一節がある。

「海のことを考えるばあい、老人はいつもラ・マルということばを思いうかべた。それは、愛情をこめて海を呼ぶときに、この地方のひとびとが口にするスペイン語だった。海を愛するものも、ときにはそれを悪しざまにののしることもある。が、そのときすら、海が女性であるという感じはかれらの語調から失われたためしがない。もっとも、若い漁師たちのあるもの、浮きのかわりにブイを用いたり、鮫の肝臓が高く売れた金でモーターボートを買いこんだりする連中は、海をエル・マルというふうに男性で語る。かれらにとって、海は闘争の相手であり、仕事場であり、あるいは敵ですらあった。しかし、老人はいつも海を女性と考えていた。」(福田恒存訳、新潮文庫、二四ぺ)――このラとエルの使いわけ、わたくしには、興味深いものに思える。

昭和41・9・15

古今堂書店[41]

――旭　川――

北海道旭川市に着いて、駅に降り立ったときは、九月上旬だったが、初秋というよりも、残暑のけはいがつよかった。学会参加のためであったが、初めは、旭屋に、ついで三条七丁目の貴久屋旅館におちついた。

ここに泊まって三日目の朝、「北海道新聞」に目を通していると、社会面の記事の中に、小さくわずかに、「古今堂書店」と広告の出ているのが目を射た。中小の都市に泊まって、古本屋の所在をたずねるのは、やさしいようでむずかしい。だれにきいても、すぐに的確なこたえがかえってくるというものでもない。一軒の店にはいり、若干の書籍を購い、ついでにたずねても、そのこたえかたは、粗密・親切不親切さまざまであって、いつも後味がいいとはきまっていない。初めてのまちに泊まると、古本屋さんへの嗅覚が鋭くなる。小広告の一行をも見おとさないのは、そのためでもあろう。

古今堂書店は、四条一四丁目にあり、しっかりした構えの店であった。右半分は受験生用参考書で棚がうずまり、左半分の書棚は、文芸物でいっぱいになっていた。幾段も積み上げて天井に至る書棚の一つ一つを丹念に目で追うとき、期待はいつも真剣な探索感に包まれてくる。

その土地の古書肆の書棚に並ぶ書物の高さ低さ、豊かさ乏しさは、ほぼその土地の文化・学問・教養の水準を、語りえているように思われる。全国各地の書肆をめぐり見て、いっそうその感は深いのである。

幾冊かを求め、主人にきくと、戦前は旭川町だけで十数軒の店があったのにと言う。いまは、自分のところ一軒だけで一組合を作っていますということだった。

宿できいたチャイムは、「朝はふたたびここにあり」の歌を、やさしくはこんできた。わたくしは、その音色をゆかしいと感じた。

昭和41・9・15

虹[42]

特急「白鳥」に乗って、青森―弘前―秋田と南下していたときのことである。かつて、弘前・大鰐までは、学会で行っていたので、車窓からの風物にも見おぼえがあったが、昼前の大鰐から南は、初めてであった。

初めての土地を列車で通過するとき、わたくしは、読むことをやめて、窓外の風景に眺め入るのをつねとする。その風土・風光を眼底・脳裡・胸奥にしみこませようとするのである。それは、「読書」への前提であり、「読書」そのものを豊かにしていき、「読書」以上のものともなる。――したがって、窓外のものにじかに接していくのには、窓側の座席でなくてはならない。内側の席（ふつう、B・C）では、どうも不安定である。また、じいっと見入ろうとするのに、隣席の旅客が無作法で、粗いふるまいをするときは、いつも神経をかきみだされ、いらいらさせられる。

特急「白鳥」は、わたくしの隣席に、北海道土別から新潟までいく若い女性をすわらせていた。始発の青森駅では、恋人らしい青年と語り合って別れたが、青森―秋田間の座席指定しかなく、そのひとは、秋田からは停車のつど、立って席をはなれ、自己の席に乗りこむ客がいないと、ほっとし同時ににっとえんで、もとの席に帰った。あとは、あらかたねむっていた。つかれていたのであろう。

わたくしも、札幌からの夜行のため、うとうとしがちであった。ふと目をさまして見ると、八郎潟の上に、淡く虹がかかっていた。一瞬あっと息をのんだ。「虹見れば、わが心おどる。」――これは、西欧の詩人の発想だけではない。すでに、幼少から自分のものである。八郎潟干拓地の朝空に、虹のかかっていることが、わたくしにはことにうれしく思われた。象潟の手前で、特急「白鳥」は、にわか雨にあった。それもよき偶然と言いたかった。

昭和41・9・15

蒐集[43]

本の蒐集といえば、調査・研究の必要に迫られて思い立つばあいと、趣味・好みにしたがってなされるばあいと、二とおりあるようだ。もちろん、両者をあわせ行なっている人も少なくないにちがいない。わたくしは、前者に属し、三〇年ちかくこつこつと集めてきた。

酒もたしなまず、たばこも喫せず、碁も将棋もだめ、ただただ本が好きで、全国各地の古本屋めぐりをして、学生時代から今日に及んでいるのである。集めているのは、専攻している国語教育関係の文献で、ほかにいくらか別領域のものもある。

集積することのたのしさ、求めつづけている本に思いがけなく出会うよろこび。本集めにともなう楽しみや苦心は、言下には説けないことが多い。

田付たつ子さんの、パリ生活についての随想集四冊を、揃えたいと思い始めて、もうかなりになる。新書判でK社から刊行されていて、すぐにも揃いそうなのに、実はそうでなかった。

東京、六本木あたりの古書肆で、「パリの甃」をまず求めた。ついで、随分たってから、「パリの雀」を通信販売で求めえた。

三番目の「パリの俄雨」は、ことし昭和四一年（一九六六）九月、札幌の北大前の南陽堂で、やっと見つけだした。ついで、たまたま同行していたO君とふたり、北大構内のクラーク博士像を仰ぎ、ポプラ並木に感嘆して、三越前の一誠堂書店に赴いた。

見ると、ここには、田付たつ子さんの四冊がずらりと並んでいるではないか。わたくしは、それらのうち、四番目の「パリの残雪」を求め、残りの三冊は、O君が一挙に求めた。

——北海道へ来た、一つのかいがあったといくらかうきうきしながら、わたくしは札幌市内の本屋めぐりをしていったのである。

昭和41・9・18

宍道駅[44]

一九六六年七月二六日（火）、午後五時半乗り換えて出雲市へ赴くため、宍道駅のホームに降り、つぎの下り列車を待っているときだった。日ごろ、都塵の中で忙しさに追われていては、目にすることのできぬ風景に出会った。

淡い半月、碧い空にかかりて、とび、おもむろに舞い、つばめ、すばやく飛び翔り、民家夕陽の草の葉に、蜻蛉とまっては、またはなれ、ダリヤの花くれないに照り、微風ゆるやかに、葦の葉をそよがせ、遠くにはひぐらしすでに鳴き、葛の葉は風に白くひるがえり、虫、草むらにすだく。

――真夏の宍道駅のホームにおり立ち、ひととき、かかる平安に逢う。忘れいしもの、しきりによみがえる。

宍道湖の景も忘れがたいが、わたくしには、ホームで列車を待つ間に得た、静かなつかの間の風景がよかった。

木次線（備後落合―松江）で、中国山脈を越えて、宍道駅のほうへくだっていくとき、わたくしは、睡気を催して、うとうとしがちだったが、ふとさめて、窓外に目をやると、ねむの花樹のかなしいようなあざやかさが浮かび、あっと感嘆した。それも、一・二本というのでなく、かなりの数にのぼった。夏の花樹として、ねむの花は、火竹桃とともに、好きなものの一つである。

車窓から、遠くに認める花樹のあざやかさは、心をよろこばせはするが、立ちどまって味わうことはゆるされない。宍道駅のホームでは、思いもかけぬことだったが、ひっそりとした夕べの景を味わうことができた。乗り換えにわずらわされぬ、つかの間の断唱のような風景だった。山陽側ならば、まさに盛夏なのに、宍道駅からの景は、すでに晩夏のような感じだった。それはたそがれていたせいだけではなかった。

昭和41・9・18

巴旦杏[45]

四国の山村のわが生家の庭先には、巴旦杏の樹が三株もあった。背戸の山畑にも一本あったし、ほかにも牛小屋の裏手に一株あったから、家のまわりには、数株もあったことになる。それらは、実もすこしずつちがっていて、まったく同じ種類のものとはいえなかった。

山深い里での早春の記憶といえば、どういうものか、巴旦杏の白い花が、くっきりと残っている。ことに、日ぐれ、この夕闇に白く浮く花々は、やはりものがなしさを漂わせていた。

さみだれころに、青い実をつけ、やがて熟していく、この果実は、わたくしのばあい、こよなきものであった。むさぼり食べる巴旦杏は、少年の胃の腑をみたした。その酸味は新鮮で、そのみどりも紅味も、目に刻まれて今に生きている。

真夏、わたくしは、よく巴旦杏の樹の幹をよじのぼり、目の前の枝に、くま蟬がきて、ワシ、ワシ、ワシ……と鳴き始めるのを待ち、夢中になって鳴きしきるのを見すまして、そっと指を伸ばし、その背をおさえた。指でおさえられても、くま蟬は、まだ鳴きやめなかった。――そのことが、少年のわたくしをいたくよろこばせた。無心に鳴きしきる蟬のことが、人間の真剣さ以上のものと化して、迫ってくるようにも思えた。

あれは、小学校四年生の梅雨のころだった。雨中、二つ下の弟に、巴旦杏をとりにいかせた。弟は雨で濡れている木にのぼろうとして、すべり落ち、片腕に深い傷を負ってしまった。弟は父につよく叱られたが、兄の命で行ったとは、一言もいわなかった。わたくしは弟をつれて、町の病院まで、何日か通うた。――この弟も、太平洋戦争下、レイテ島で戦死してしまった。あのときはすまなかったと、わたくしは今もよく思い出してわびる。

昭和41・9・19

墓参[46]

清水文雄先生に導かれて、雑司ヶ谷の墓地に着いたのは、もうたそがれであった。漱石の墓は、通りがかりにもわかって、その異様な巨大さに、驚かされてしまったが、目ざす垣内松三先生のお墓はすぐには見つからなかった。

時すでに、霊園の事務所は閉ざされており、清水先生は、一旦まちに出て、垣内家へ電話して、その場所をたずねられ、お花と線香とをもとめられた。またみんな墓地のなかに帰っていった。

このたびは、同行のY君の用意した電池のひかりに助けられて、やがて垣内松三先生のお墓にぬかずくことができた。

白菊を供え、線香を立てて、墓前に礼拝し、胸中すくなからぬ思いが去来した。墓石の右側面には、「言語の事実は言と行とであり、文化はその頂点に立つものである。」との先生のことばが刻まれており、左側面には、垣内門下の高弟、斉藤清衞博士によって、「菊の香や曙白む峠みち」の句が先学の道程をしのんで捧げられていた。

垣内松三としるした墓標の背面には、明治十一年一月十一日生　昭和二十七年八月二十五日歿　とあり、また墓碑銘の書き手のことをしるして、しずまっていた。

白菊はその白さのゆえに、線香の火のくれないは、そのくれないのゆえに、紅白あい応じて、夜間先生の墓前にぬかずく後学の者の眼にしみた。

析柄、仲秋の名月、そのひかりは届かなかったけれど、満月の姿は見られた。この雑司ヶ谷墓地にそびえる杉の木の梢も、いまはやさしい感じで、夜空をささえていた。

墓地の右側には、石塔のような名刺受けがそなえられていた。そこに清水先生はじめ六名の者がつぎつぎに名刺を入れた。ポストのそれよりもかすかに、わが名刺は音をたてた。それは応答のようにもひびいた。

昭和41・9・29

領布振りしより[47]

昭和四一年（一九六六）一〇月一二日、秋晴れの午後、佐賀県唐津市の鏡山（二八三・七メートルという。）に登る機会を得た。唐津は、同級生井上博志君の出身の地、かねてなつかしく思っていたところだった。

鏡山の頂上は、思ったよりも広く、今はもう店の類も並んでいて、孤独感をそそる場所ではない。歌碑の一つには、

遠つ人松浦佐用比売夫恋ひに領布振りしより負へる山の名

という、山上憶良の歌が佐々木信綱博士（九二歳）の手によってしるされていた。

折柄、夕陽を浴びて、展望台のあたりには、おびただしい鴉の群れが飛びかい、落莫たる思いを誘うものがあった。展望台からの眺めは、よかった。眼下には、数キロにも及ぶ虹の松原が玄海国定公園の濃藍をふちどり、まさに豊饒なみのりをみせる稲田は、いま新しく編まれた月見草色の花むしろのようだった。

――ここで、山上の茶店でもとめた、アイスクリームを味わったが、秋風裡の冷たさは、いささか空虚さをともなったものだった。展望台の近くにある方向指示盤によって、壱岐の島あたりを見さけたが、それとさだかに確かめることはできなかった。

そのむかし、佐用姫は、どのような気持ちで、領布を振ったのであろうか。風の方向のせいであったか、「ふけゆく秋の夜、旅の空の……」という女声コーラスの練習が山の下からくりかえし聞こえてきた。

車で鏡山を降りてゆく途中、うすむらさき色の野菊の花を一度ならず見かけた。松浦佐用比売の〝夫恋ひ〟のはなしには、この野菊の色がふさわしいものに思えた。

伊万里から福岡へ帰る途中、思いもかけず、領布振る山に案内された、同行の平山氏の好意を、わたくしは深く謝した。

昭和41・10・12

最上川舟唄[48]

国立ブルガリア男子合唱団（Choir Gousla）が来日し、広島市公会堂で、いわゆる〝怒濤のハーモニー〟を聞かせてくれた。昭和四一年一〇月一九日の夜のことである。指揮者ジミートル・ルスコス氏以下三〇名の編成で、マナーもよく感じのいい男声合唱団であった。

曲目には、「ステンカ・ラージン」・「モスクワ郊外の夕べ」などのロシア民謡のほか、西欧の歌が選ばれていた。日本民謡では、「ソーラン節」・「八木節」・「刈干切唄」・「最上川舟唄」（ほかに、「からたちの花」）などが採られていた。合唱団の個性と好みに合った選曲ぶりである。広島では、「最上川舟唄」と「八木節」を歌い、熱狂的な拍手を浴びていた。

――わたくしは、中でも、「最上川舟唄」が聴きたくて、中学二年の玲子をつれて出かけたのだった。この合唱団の「ヴォルガの舟唄」を聴き、ついで、「最上川舟唄」を聴くことができたのには、一種の満足感をおぼえた。「最上川舟唄」が、異国調になってしまうのは、やむをえないことだった。

「最上川舟唄」といえば、昭和三〇年初夏、福島大学で学会があった折、懇親会の席上で、山形大の浅野建二博士（日本歌謡専攻）の名吟を聴き、そのよさに魅せられた。爾来その時の感銘をこえる「最上川舟唄」には出会わない。レコードに吹き込まれたものもあるが、浅野博士のものには及ばない。

念願かなって、昭和三九年八月下旬、「おくのほそ道」の旅をし、新庄から最上川の舟下りをした。暑い日であった。案内をかねた船頭さんは、朴訥な土地ことばをふんだんに織りこんで、沿岸の風物について、親切に説明を加えてくれた。途中、わたくしは「最上川舟唄を」と所望したが、その老人はとたんにはにかんで、歌ってはくれず、期待ははずれて、川波の美しさに見入って下っていったのである。

昭和41・10・19

山頭火[49]

旧広島文理科大学の付属図書館は、原爆で焼失してしまって、今ではもうしのぶよすがもなくなった。

学生時代、焼けない前のこの図書館には、よく通った。図書館での閲覧には、独特の雰囲気があって、捨てがたいものがあった。

高師一年の三学期であったか、レポートが出て、毎日図書館通いをしていたころのある日、ふと窓外、書庫の屋根に目を放ったとき、雀が二羽〃愛〃をかわしているさまを目撃して虚をつかれたように驚いたことがあった。妙にそのときのことが鮮明に記憶にある。

昭和一五年（一九四〇）の夏のことであったか、わたくしはこの図書館に、一人の見なれぬ人影を見いだした。むろん学生ではなかった。その人は、やがて閲覧室を出て、窓外の陽だまりにいって、黙思していた。その姿がまぶたにやきつけられた。

その後、久しい間、わたくしはこの人のことを忘れていた。もはやだれと、つきとめることもできないだろうと、あきらめてもいた。しかし、折あって、その人影のことを思いだしていた。

近年になって、ふと、まったくふと、この人こそ、行乞の俳人、種田山頭火ではなかったかと思うようになった。それは徐々にたしかにそうだと思うようになった。

昭和四一年（一九六六）一〇月一八日、秋晴れのよい日、松山市鷹ノ子町に、山頭火の俳友、研究家として聞こえている大山澄太氏を訪ねることができた。清水文雄・仲田庸幸両博士に案内されて、学生一〇余名とともに参上したのであった。山頭火の話を数々ききながら、当時広島市牛田町に住まれた大山澄太氏を訪ねて、山頭火の来ることがあったこともわかった。――わたくしは、あの人こそ、「述懐　笠も漏りだしたか」とうたった、山頭火にちがいないとの思いをつようした。

昭和41・10・21

波のおと[50]

小豆島の双子浦にあるホテル濤洋荘に泊まった。土庄《とのしょう》中学校を会場にして開かれた、第七回香川県中学校国語教育研究会に招かれて訪れたのであった。

へやは五階の五〇五号室であったが、夜半に目ざめてふと窓外の湾を見おろすと、宵のうちは曇っていたのに、からりと晴れて折柄月は中天にかかり、あっと息をのむようなみごとな月明であった。

その夜、うちよせる波のおとは、かなり高くひびき、よもすがら枕もとにまぢかくきこえた。その波のおとを聞いているうち、わたくしは、「平家物語」の「福原落ち」のところを、床の中で思いおこしていた。

「明けぬれば福原の内裏に火をかけて、主上を始め奉つて人々皆御船に召す。都を立ちし程こそなけれども、是も名残は惜しかりけり。海士《あま》の焼《た》く藻の夕煙、尾上の鹿の暁の声、渚々に寄する浪の音、袖に宿かる月の影、千草にすだく蟋蟀のきりぎりす、すべて目に見耳に触るる事、一つとして哀れを催し、心を痛ましめずといふ事なし。昨日は東関の麓に轡《くつばみ》を並べて十万余騎、今日は西海の浪に纜を解いて七千余人、雲海沈々として、青天既に暮れなんとす。孤島に夕霧隔てて、月海上に浮かべり。極浦の浪を分け、塩に引かれて行く船は、半天の雲に泝《さかのぼ》る。日数歴《ふ》れば、都は既に山川程を隔てて雲井の余所《よそ》にぞ成りにける。遥々来ぬと思ふにも、唯尽きせぬものは涙なり。浪の上に白き鳥のむれゐるを見給ひては、彼ならん、在原のなにがしの隅田川にて言問ひけん、名も睦じき都鳥にやと哀也。」

わたくしは、ここに泊まって、初めてこの「渚々に寄する浪の音」というのを、じかに感じとり、味わい深めることをえたように思った。

――また、岡本四明先生が鞆の浦に泊まって作られた、潮騒の夜深きみだれ沖つ辺を今か大船航《ゆ》きつつあらむ　をも思いおこしたのだった。

昭和41・10・30

書庫[51]

今まで収集した本をおさめておく書庫がほしいと思い始めて、もう久しい。近年は、研究室も自宅も、くさぐさの本の類でいっぱいになって、勉強机の周辺も、いつもゆったりしたことがない。しかし、どんなにあこがれても、自力で書庫を建てることは、そう簡単ではない。書庫を建てるのだったら、もっと本をと思ってしまったり……。

近代文学、なかんずく自然主義文学関係の蒐集で聞こえているY博士の書庫、作家井上靖氏のそれ、いずれも誌上の文章や写真で読んだり見たりした。折があれば参観をと願っていても、それも簡単にいくことではない。いずれにしても、書庫への道は遠いのである。

たまたま、児童文学者の滑川道夫氏がその長年の蒐集を収められるため、書庫を新築され、この秋、上京の際、見せていただけることになった。吉祥寺北町のお宅へ、いそいそと参上した。

一〇坪二〇畳は優にあろうか。四〇年来の、明治・大正・昭和三代にわたる児童文学関係の文献は、文字通りぎっしりと、しかも時代順（ときには、作家ごと）に整然と並べられていた。つぎつぎと案内していただきながら、蒐集ということの重厚さ・丹念さ・周密さに、おのずと触れていく思いがした。

このみごとな文献群の中に、わたくしのかつて贈呈した小著「国語教育学研究」（昭和36年刊）を見いだすことができた。また、この書庫には、佐渡から将来された地蔵尊が一五体も安蔵されていた。うち一体の石仏には、赤いよだれかけもかけてあった。講演で島に渡り、そこで心魅かれて譲ってもらわれたものという。それにまつわる話は、いろいろとあるらしい。

――この石仏の群像は、素朴で柔和で、滑川道夫氏の人柄と学問の象徴とも思えた。

昭和41・11・4

序文攷[52]

芥川竜之介は、その友人、秦豊吉著「文芸趣味」（大正13年5月15日、聚英閣刊）に、「『文芸趣味』の序に換《ママ》たる未定稿の辞書の一部」という「序」を寄せている。まことに風変りと見える序?である。

芥川は、ここで、ばうーきやく（名）忘却　はうーくわう（名）彷徨　はうーげん（名）放言　ばうーぜん（副）茫然　はうーふつ（副）彷彿　はうーらつ（名）放埒　はえーぎは（名）生際《ママ》　はかーじるし（名）墓標《ママ》　はくーしき（名）博識　ばくーしゅ（名）麦酒《ママ》　はしーだて（名）樹梯　はしーづま（名）愛妻　はしりーがき（名）走書　はたーとよきち（名）秦豊吉　など、計一四語を採り上げている。芥川は、これらの諸語注解に、例文を添えて、たとえば、つぎのように述べているのである。

はかーじるし（名）　墓標　墓ノ上ノ木石ノ標。タトヘバ「コノ『文芸趣味』ハヒトリ汝ノミナラズ、我等ノ青春ノ墓標ナリ」ノ如シ。

はしーづま（名）　愛妻　愛シキ妻。イトホシキ妻。タトヘバ「汝ハ日本ニ止マル事数月、ソノ新婚ノ愛妻ト共ニ、更ニ又伯林ニ赴カントス」ノ如シ。

はしりーがき（名）　走書　手早クスラスラト書ク事。タトヘバ「我今『文芸趣味』ノ為ニ走書ノ序文一篇ヲ艸シ、併セテ汝ヲ送ラント欲ス。庶幾クハ健在ナレ」ノ如シ。

友への情のこもった、才気溢れた序文である。芥川は、この「序」を、大正一三年四月二八日に記している。

三島由紀夫氏は、「仮面の告白」について、「この小説を書いたときの私の意気込みたるや大変で、最長九枚、最短一枚の、一八種類にわたる序文を書き、とどのつまりは、とうとう序文はつけないことにしてしまった。」（「私の遍歴時代」四二ぺ）と語っている。

昭和41・11・4

競走[53]

NHKテレビ小説「おはなはん」を視聴していたら、ひろえという女児が走る途中ころんでしまい、やめてしまいそうになったのを、おはなはん（樫山文枝）が思わず出ていって、手をひいていっしょに走る場面があった。この母と子は、親子競走にも出場して、みごと一着になり、ひろえが自信をつけて明るくはしゃぐような結果にもなった。

そういうことについ心魅かれ、自分の幼・少年のころの運動会のことを思いおこした。たしか、小学校にあがる前の年、村の小学校の運動会に招かれ、みんなで短い距離を走らされた。小さな山の村に育ったわたくしは、着物をぬいで、メリヤスのずぼん下をはいて、みんなと並んで走ることに気おくれを感じ、途中で泣きそうになった。それを見て、だれであったか、大人（まっ白い服装だったから、先生だったのか。）が急にきて肩車をして、さっさと走って、ゴールまでつれていってくれた。わたくしは、子ども心に気まりがわるく、そのことをひけ目に感じたが、両親も姉たちも、だれも嘲笑の種にしなかった。いま、忘れきっているのは、そういうことで、極端にいやな思いをしなくてすんだからであったろう。

小学校一年生のときは、頭上にお皿をのせて、おとさないように走る競走があった。頭上のたいらになっている某君が悠々と安定感をみせて完走し、一着になったのをおぼえている。わたくしは、途中で失敗してしまった。

右の二つを除くと、小学校の運動会では、徒競走でも障碍物競走でも、わたくしはいつも一等賞をもらった。この期間、わたくしは一着になってテープを切る快感をずっと味わったものだ。

旧制中学校で陸上中距離（八百・千五百米）の選手をし、高師に入学して、つかの間陸上競技部に籍をおいたが、そのときはすでに鈍才だった。

昭和41・11・9

吉備津神社

備前一宮町の中山《ちゅうざん》小学校での研究会に招かれたついでに、吉備津神社に詣でた。一一月初旬、快晴に恵まれ、もう夕方であったが、陽ざしは明るかった。

吉備津神社は、備中国（岡山県）吉備郡高松町にあり、大吉備津彦命を祀り、古来吉備の国の総鎮守として聞こえている。

応永三二年一二月に落成した社殿は、世に「吉備津造り」と称され、めずらしい。その国宝の本殿のそばには、老樹の大銀杏がみごとに黄葉していて、秋の深さを思わせた。長い廊下を渡って行きつくと、裏山からのせせらぎがあった。この谷間に見られた一樹の紅葉には、もう夕陽は届かなかったが、真紅冷然、目に沁み入るようだった。また廊下側のはずれにも、紅葉の一株があり、ここには夕陽わずかに届いて、透き入り、その纖麗なあざやかさは格別だった。

境内の一角にある、吉備津の釜で有名な鳴動釜殿をのぞき見して、歩を移すと、神社前の広場の一隅に、犬養木堂翁の銅像が夕陽を背面に浴びていた。昭和九年（一九三四）一一月三日に建立されたもの、すでに風雪にたえてきた長身の立像であったが、わたくしはなつかしいものを感じた。

神社前の広場の地上に、木堂翁の影法師は数十メートルにも及ぶようにしるされていた。わたくしの今までに接した、いちばん長い影法師のようだった。その地上の影は、もう淡かったが、この国から木堂翁が出たということを、わたくしは心にとめておきたいと思った。研究会の会場になった中山小学校のすぐ背後にも、吉備津彦神社があった。車窓から見ただけだったが、そこを素通りしたことを、わたくしは心残りに思っている。

神社の風格は、一朝にして成るものではないが、「森厳さ」がたたえられている神域には、やはり油断を許さぬものがある。

昭和41・11・9

〃アカシヤの花ふみしだき〃[55]

——昭和二六年三月高師国漢科卒業の諸氏に——

わが浮橋康彦君からのたよりの追伸に、「彼ら〈九州地方の同級の諸氏〉との夜は、岡本先生の『幼な妻』をうたい、青春と故先生を回顧し、涙しました。」とあり、わたくしは感慨にさそわれながら、十数年前のみなさんの俤を描きなつかしみました。

岡本明先生の「幼妻《おさなづま》さびしさびしと身をよせて泣きにたりしははるかなる宿」の歌は、わたくしどもの高師時代、一連の他の四首と共に、歌誌「言霊」に発表され、戦後一種の愛誦歌になっていったものでした。もちろん、この「さびしさびしと」の歌は、岡本明そのひとの寂寥と孤独とを象徴するものでありました。

岡本先生には、なお、「あたふたと日毎いで行きて若者に何を教へむとするわれか」の詠もあり、「出で入るとアカシヤの花ふみしだきここに朽ちゆく一生《ひとよ》といはむ」の述懐もあって、これらの歌は、広島の学びやに残っている身に、尽きざる想いをもたらします。

みなさんが出汐の倉庫校舎を巣立たれて一年後、昭和二七年（一九五二）三月、高師閉校と同時に、教育学部国語科にそのまま残り、みなさんの後輩にあたる学生諸君を受け持って、今日に及んでおります。〃高師魂〃は、つぎつぎと継承されていくことと信じております。

昭和二六年三月、満三歳だった長男は、この四月（四一年）、福井大学工学部（応用物理学専攻）に進み、満一歳だった次男は、高校二年になり、その後生まれた長女も中学二年生になりました。居は、依然として、基町の市営住宅です。戸田豊三郎先生のお宅も同じ基町北区にあります。

みなさんを送ってからは、国語教育研究に没頭すべきポストを与えられ、実践を支え、現場に直結する学問をと志して、努めているしだいです。みなさんのご健闘・ご活躍を祈ります。

昭和41・12・18

56 ざぼん売り

師走もおしつまった二五日に、結婚式を挙げて、すぐ九州へと旅立っていったW君夫妻から、寄せがきが届けられた。

長崎名物の一つ「ざぼん売り」の絵はがきに、W君は、「長崎はこの冬はじめての雪がちらつきました。／しかし、人並みのしあわせにうっとりしているわたしたちには、ちょうどかっこうの気つけぐすりになりました。／今夜の雲仙も妙に底冷えがします。／ともかくザボンでも売って歩きたい気持ちです。／ご厚意ありがとうございました。」と記し、おくさんになったばかりのS子さんは、「一生懸命しあわせになるように心をひきしめております。……」と可憐な文字で書き添えられていた。

絵はがきの「ざぼん売り」は、白手拭をかぶったおばさんが裾からげをして、かごに盛ったざぼんを天びん棒でかついで売り歩く姿らしく、洗練されたタッチと彩色の画面には、おのずと「うかれ」が感じられた。

W君は、この画面の「うかれ」をはやくもとらえて、「ともかくザボンでも売って歩きたい気持ちです。」とすかさず述懐したのにちがいない。印象的な一文であった。

春たけなわの四月、宮崎への新婚旅行をして、一面の菜の花のかがやきに、自分たちの人生も、あのようにかがやかせたいと述べたはがきが舞いこむこともあり、阿蘇山の草千里浜に、牧草をはむ馬の群れの静かな風景写真が届けられることもある。

新しい首途にある二人によって旅先から送られてくるはがきには、新しく結ばれた一組一組の祈りや願いやゆめや……そういうものがいろいろとこめられていて、読む者の胸に、ういういしい光の射しこんでくることが多い。

ことに、曾遊の地からのばあい、感慨はいっそう深い。

昭和42・1・4

三歳児[57]

〝三歳児〟と呼ばれる時期にはいったA君は、なんでも自分がしないと気に入らなくなり、理屈に合ったり合わなかったりの反抗が多くなって、日本賞受賞のテレビ番組「反抗」そのままに、まったく手のやけるころになったと、A君の母親はうれしい悲鳴をあげている。

A君は、みずから、つぎのような創作童話？を試みる。

「むかしむかし、パトカーがいました。パトカーはうんてんしています。ブーウーウー。お酒のんだら、うんてんするな。」

「むかしむかし」の語り口は、昔話形式の模倣であるが、素材の「パトカー」・「お酒のんだら、うんてんするな。」などには、A君をとりかこむ時代というものがあらわに顔を出している。A君はまた、

A「オカーチャン　ダレダ！ッテ　イッテゴラン。」

母「ダレダ！」

A「ヒトヨンデ《人呼》　ユウセイカメン《遊星仮面》！」

と、母親にはたらきかけて、テレビッ子ぶりを発揮する。テレビのコマーシャルには、一つ一つこたえて、「買ってね！」とか、「連れてってね。」ということになるのだという。

幼児のまわりの人たちは、幼児の言語による表現を、その未熟さとその新奇さのゆえに、興味の対象として、おもしろがってすませやすい。すなわち、一片の皮相のこととして扱いやすいのである。

けれども、A君のつくるお話や対話に、おそろしいほど時代が浮き彫りされているのを見れば、だれしも手放しでよろこんではいられない。〝時代の子〟としての幼児の、ことばの実質を見抜く力と育てる心構えとがいるゆえんである。

昭和42・1・5

〃鑑真おばさん〃

昨年（昭和四一年）秋の一一月三日の「朝日新聞」は、社会面のトップ記事として、唐招提寺の案内役を長年してきた、松浦マスノさん（76）が、秋の叙勲者の一人として、勲七等瑞宝章を受けたと、写真入りで報じた。

唐招提寺の案内役のおばさんとは、研究旅行で西の京へまわり、同寺を訪れるたびに、顔をあわせ、その説明を聴いて、いつの間にか親しい感じを抱いていた。名前もなにも知らなかったが、唐招提寺に立ち寄ったときは、その建物・仏像のほかに、どうしても一度はその笑顔に接し、その声を耳にしなくては、なにか充たされない、そういうひととして、いわば顔なじみになった。戦時中、京都から同寺に疎開したのが機縁で、そのお礼にと始めた案内役は、もう二三年間もつづいているのだという。

戦後初めて同寺を訪ね、おばさんにお茶の接待まで受けたのは、昭和二四年の春だった。岡本明先生が健在で、先頭に立って学生たちを引率されたころだ。春日静閑、当時はのんびりと西の京の古寺の春をたのしんだものだ。その後一〇年を経過して、高校生の修学旅行団が大挙おしかけるようになって、寺庭の静かさは消えていった。同時に、おばさんも、メガホン片手に、声を張って説明しなくてはならなくなった。高校生たちは、時に、説明の対象になっている本尊の像を見上げずに、説明者のおばさんのことば・身ぶりの飄然たるおもしろさに魅きつけられて、そのほうのみに見とれたりした。

若葉しておん目の雫ぬぐはばや　　芭蕉

鑑真和上のことを詠んだ芭蕉の句境がいくらかわかるようになった折のうれしさがわたくしの胸底にある。それにつけて、例の記事で、おばさんが、〃鑑真おばさん〃と呼ばれていると知って、それこそ叙勲以上の贈物のように、わたくしには思えた。

昭和42・2・9

寅彦邸址[59]

高知大学へ集中講義に来たついでに、市内小津町にある寺田寅彦邸址に案内してもらった。折柄、二月下旬、うすら寒い日ぐれどきで、一株の白梅は、花をいっぱいつけていた。庭の植込みなどには、なお俤が残されているとのことだった。

家屋は、ひっそりと閉ざされていて、さすがに荒廃寸前の感じだった。軒端に近く植わっている芭蕉およそ一〇株ほどは、葉がすっかり枯れつくしていて、それに夕風があたって、わびしいひびきを生じ、あからさまに寂寥の感を誘うてやまなかった。

母屋の裏には、寅彦の勉強部屋だったはなれがあり、そこには人が住んでいるらしかった。人のけはいはそこだけで、人気のない前栽のほうが、かえってにぎやかな感じだった。

邸址の前は、すでに車の往来がしげく、閑静さは望むべくもなかった。その道路に面している川では、少年期の寅彦が水泳ぎをしたのだという。いまは、工場から廃液が流されて、濁りよどんだ、どぶ川に変わってしまった。すべて、なにもかも忘れられていくようで、この邸址にも、今昔の感は深かった。

ふり仰ぐと、城山の上空では、とんびが一羽悠々と輪を描いていた。年少の時、寺田寅彦の親しんだ城山のその上空に、姿をあらわした、一羽の鳥の静かなふるまいに、わたくしはなつかしいものを感じた。「とんびと油揚げ」という、すぐれたエッセイをものした寅彦をしのぶのに、それはふさわしい出現だった。

西に沈む夕陽のひかりを浴びて、白雲が三片、つながりつつ、流れていた。すべてを「時の函数」とも見、また、いつも淡い「時の悲しみ」を感受していた寅彦であった。

邸址入口に、「天災は忘れられたる頃来る」と、横書きに刻まれているそのことばも、また、「時」をそして「人生」を道破したものにちがいない。

昭和42・2・22

60 せんだん祭

高知市のあたり一帯は、せんだんの木の多いところだろうか。市のはずれ朝倉にある高知大学のキャンパスにも、せんだんの老樹がいたるところに見られた。

校舎にそうて、せんだんの老樹が列をなしていた。なかには、黒味を帯びたその幹に、苔がむしており、おもおもしいものを感じさせるのもあった。小粒のからっとした実を思い思いにつけて、せんだんの木は、一枚の葉をもあまさず、まったく裸形となって、空高く伸びていた。すでに大きな枝々が折れて、傷つき、孤影悄然たる老樹もあった。

キャンパス内のこれらのせんだんの木は、おそらく戦前ここに兵営が構えられていたころから植えられ、歳月をかけて伸び茂ってきたものであろう。せんだんの木蔭には、兵隊たちもそのはげしい訓練の余暇を涼んですごしたにちがいない。

南国土佐特有の、きさらぎの澄んだ青空を背にして、二〇メートルも伸びているかと思われるせんだんの老樹は、こともなげに多くの実をつけ、それがまだまだ肌寒い風に揺らいでいる。その木のそばを、ここに学ぶ学生たちが通り抜けていく。

――構内のあちらこちらに見られるせんだんの木々は、かつてはつわものどもの夢を、そして今は、学ぶ若者たちの夢を、そしらぬ顔で見まもってきたり、きているにちがいない。

初夏の候、青葉のかげに、美しい花を咲かせるころの、むらさきの色どりのすばらしさが、冬枯れの今から、目に浮かぶようだ。

英文学の八波直則教授を訪ねて、寺田寅彦のことや、わたくしが旧制中学時代習った国語読本の編纂者であった父君八波則吉先生のことをうかがったとき、教授は、高知大学として、ぜひ「せんだん祭」をしたいと、語られた。それが実現すれば、高知大にぴったりの大学祭がにぎわうことだろう。

昭和42・2・22

話しことばの教育の確立のために[61]

国語教育についての自覚・開眼を問題としていくばあい、話しことばの教育の領域においては、耳を開くことが緊要のこととなる。どのように、わが耳を開いていくのか。音声学による知見と修練とによって、聞くことを、聞きえた話しことば・話すことを、たしかにとらえ、掘り下げていく。それがないと、話しことばの教育を推進していく有力な拠点が得られない。話しことばの教育を深めるためには、〃子どものことばに耳も澄ませていくように〃と、よく言われる。基本の態度としては、そのとおりであるが、それでは、どのように耳を澄ませていくのか。そうなると、ことは必ずしも容易ではない。音声把握・話しことば理解を軸として、修練を必要としてくる。いわゆる知識としてのみ、音声学の概論を聞いただけでは、そのことはみたされないように思われる。聴談しえたものを土台にして、自己修練に励まなくてはならぬ。

——明治以降の話しことばの教育の歴史をたどってみると、各時期ごとに、その時期の話しことばの教育を、音声学が支えてきたことに気づく。音声学は、話しことばの教育の支え柱としての位置を占めてきた。音声学の進展とともに、話しことばの教育はしだいに進んできたといってもよい。

こんにち、音声障害の児童について、その治療の見通しがつくようになってきているのはよろこばしい。しかし、そういう専門家による治療を別にすれば、子どもの音声を保護し、育成し、洗練させていく仕事は、なおじゅうぶんに普及し浸透しているとはいえない。幼・小・中・高・大にわたる、音声教育の体系が見いだされ、話しことばの教育の中に位置づけられなくてはならぬ。話しことばの教育の確立のため、実践音声学の参与と位置づけとは、養成学部においてぜひ検討されなくてはならぬ。

昭和42・3・9

62

ある祝詞

卒業生Sさんの結婚披露宴が、ホテル　ニューハカタで催され、わたくしは招かれて、広島から出かけていった。

新郎は北大出身の新進の昆虫学徒で、福岡県農事試験場勤務であった。虫害研究にうちこんでいるひとであった。

新郎の同僚(友人)は、スピーチの順番がきたとき、その横顔を、つぎのように語った。

「彼はぼくの結婚披露宴にも友人として出てくれました。そして、つぎのようなスピーチをしてくれました。――彼、つまり、ぼくのことですが、彼は、音楽はシューマンが好きで、文学はトーマス　マンが好きであります。そして、食べものはピーマンが好きですと。彼はこのように、シューマン・トーマス　マン・ピーマンと、いかにも冴えた気のきいた、スピーチをしてくれました。……」

シューマン、トーマス　マン、ピーマン――わたくしは、にくらしいほど整ったスピーチぶりに、黙ってうれしそうにすわっている新郎の別の一面を見たように思った。それにしても、この三マンには、出典があるのだろうかと思ったりした。

ついで、新郎のもう一人の友人(東京上野科学博物館勤務、岩石学専攻)が、もうスピーチはすんでいたのに、あえて補足をした。

「じつは、ぼくのときも、彼は、いまのようなスピーチをしたのです……。」と。

意外なことに思えた。しかし、友人の結婚披露宴に出て、平然と同一のスピーチをやってのけるということに、わたくしは、かえって、ものにこだわらぬ、ある種の人柄を見た。岩石氏のすっぱぬきは、新郎を苦境に立たせる悪意ではなく、むしろ新郎のもう一つの面を浮き彫りにする、遠慮のなさであった。――わたくしは、久しぶりに、「祝詞」の表と裏とを見た思いがしたのである。

昭和42・3・9

白雲悠々[63]

――清水文雄先生のお人柄――

昨年（昭和四一年）八月二六日、新広島ホテルに、三島由紀夫氏を迎えて、座談会が開かれた折、学習院時代の清水文雄先生は、どうであったかと、英語学の某教授がたずねられた。三島氏は、例のひとみをくるくるっとさせて、「教室での先生は、淡々と教えられて、生徒に対して、すこしもおしつけがましくないんですね。……」と語られた。

おしつけがましくなく、淡々と教えられる――わたくしは、はっとした。ほんとにそうだと思った。もちろん、先生のばあい、抑制と憧憬の奥深く、人生と文学への情熱がたたえられている。清澄な思惟が、もったいぶってではなく、ごく自然に語られていく。

多くの個性を育てられた先生のお人柄のおのずからな一面は、おしつけがましくなく、淡々とに、いみじくも浮きぼりされている。

昭和42・2・15

清水文雄先生は、事柄の本質をほりおこしていくようにと、おっしゃる。時と場合によって、枝葉のことは切りおとさなくてはならぬとも言われる。

事柄の本質に向かっての模索、それを清水先生は、しばしば言われる。〃本質〃をほりおこすための〃模索〃、それは言ってみれば、研究対象に向かっての悪戦苦闘である。清水文雄先生の側にいると、時に、その悪戦苦闘の吐息がきこえてくるように思うことがある。それはかそかなもののようで、かえって深切なひびきを持つ。

清水文雄先生の学風としては、方法についてよりも、態度について、みずからを戒めつつ、述べられることのほうが多かった。その堅固な方法も、その柔軟な態度からたえず導かれていたといってよい。

先生の漢語選びの剴切さとそこにうかがわれるリズムには、清澄なものがあふれていた。

昭和42・3・9

[64] 理恵ちゃん

理恵ちゃんは、いま小学校一年生である。ひとりっ子で、両親ならびに祖母（母の母）のいつくしみを一身に集めている。

理恵ちゃんは、お城と王子さまの出てくる話でないと、よろこばない。おしまいには、王子さまとお姫さまとが結ばれるというストーリーでないと、関心を示さないという。理恵ちゃんの幼い想像の世界に、なにがどのように構築されているかを、うかがうことができる。藁しべ一本をもって、流浪していく、若くまずしい男の話など、いまの理恵ちゃんには、魅力の見いだしようがないのであろう。

三年ほど前、理恵ちゃんは、お正月の年始のあいさつに、両親につれられてきた。わたくしが卓上に両肱をのせて、頬杖をついたところ、理恵ちゃんは、そっくりそのままをまねた。調子づいて、わたくしのするとおりのことをまねていった。はらはらしたのは、理恵ちゃんの母親である。制止しても、もうブレーキはきかないほど、興に乗じていた。このとき、理恵ちゃんは、お重にあったかんてんをも、つぎつぎと平げてしまった。そういうこと、わたくしはすっかり忘れていたのだが、母親はこのことをよく覚えていて、その翌年になっても恐縮した。

もうまもなく二年生になる理恵ちゃんは、いつかの晩、電話に出て、みごとな応対をした。はりつめた声で、実にいきいきとしていた。

三月初めの雨降りの午後、理恵ちゃんは、父親と共に、八つ手と沈丁花とを、受けとりにきた。ずっと前から、株分けする約束だったから、それをとりにきたのである。

理恵ちゃんは、玄関にはいるなり、そこに掛けてあるはにわを見て、「理恵ちゃんがわらったら、このひともわらった！」と、うれしそうに言った。玄関を訪れた多くの人たちの中で、理恵ちゃんのことばは、この瞬間もっとも躍如としていた。

昭和42・3・9

〃パーマ先生〃

清水文雄教授が昭和三一年（一九五六）四月、広島大学教育学部国語教育研究室の主任教授として来任されたとき、先生は、助教授のわたくしに、

「どうか思いきってやってほしい。すべての責任は、わたくしがとるから。」

このように言われた。爾来、満一一年間、清水文雄先生は、なに一つ言われなかった。いつもみんなのすることを、静かに見まもってこられた。未熟なことにも、出すぎたことにも、なに一つこごとめいたことを言われなかった。

――こうした先生の態度は、稀有のことに思われる。そこには、指導者としての神髄を体していられた先生のいみじきお姿がある。始終を通じて、〃はじめのひとこと〃に徹して、沈黙を集積されたこと――それは感嘆のほかはない。

清水文雄先生は、戦前の学習院時代、その天然のウェーブのために、生徒から〃パーマ先生〃と呼ばれたと、かつておっしゃった。

パーマ先生（Palmer Harold E.）といえば、わが英語教育史上、不滅の業績をあげた先達の一人である。わが清水文雄先生は、古典国語教育史上、未開拓の分野をきりひらこうとされた。先生こそは、わが国語教育史上における〃パーマ先生〃であるといえる。学習院時代に、その頭髪の天然ウェーブにもとづいて得られた、〃パーマ先生〃というお名前も、国語教育研究室にご来任になってから、国語教育史における〃パーマ先生〃として、その実を得られた。

伝統を継承しつつ、創始者としての仕事をされるところに、清水文雄先生の真価が見いだされる。〃パーマ先生〃という愛称一つにも、先生のご足跡の上では、深い意味をもっていることに気づく。先生の天然ウェーブは、かりそめのものではなかったのである。

昭和42・3・22

四月馬鹿[66]

四月一日、西の京に出て、唐招提寺・薬師寺をめぐり、秋篠寺で昼食をしたため、のち平城宮址にしばらく春光をあび、磐姫陵・法華寺を経て、宿に帰った。途中、おおかたは興福寺前で降りたので、まっすぐに宿まで帰ったのは、真下三郎先生とわたくしと、学生のN君と三人であった。

宿は若草山のふもとにあって、わたくしどものへやは、道路に面していた。夕刻、学生諸君がみんな帰ってきたらしく、廊下をゆく声が聞こえてくるようになった。しばらくすると、Kさんが、

「先生、お呼びだそうですが、なにかご用でしょうか。」

と、ややかしこまって、へやにはいってきた。呼んだおぼえはなかった。その旨を言うと、Kさんは、きょうは四月一日だったということを知って、飛ぶようにして、姿を消した。

さて、しばらくすると、こんどは、N君が、「先生、なにかご用でしょうか。」と、はいってきた。だれにきいたのかと尋ねると、Kさんからということだった。Kさんは、みずからかかったのと同じものを、さっそくN君に試みたらしい。N君は、ものしずかな青年で、動揺はしなかったが、微苦笑をのこして、自分たちのへやのほうへひきとった。

――すでに、一三年も前、昭和二九年（一九五四）三月、三十一日の夜行で研究旅行にたったことがある。その折も、真下先生とご一緒だった。真下先生とわたくしのかけているすぐうしろのボックスには、国文科の女子学生が四名かけていた。夜半、「先生、どうぞ。」と、紙に包んだ、小さいお菓子がいくつかさしだされた。包んである紙を、つぎつぎにあけていっても、いっこうに飴の類は出てこなかった。おしまいまであけたとき、「どうもごくろうさまでした。」とだけあった。

昭和42・5・3

67 磐《いわの》姫《ひめの》陵

磐姫陵に詣でた。磐姫は仁徳天皇の皇后である。皇后の作として、

かくばかり　恋ひつつあらずは　高山の　磐根し枕《ま》きて　死なましものを（巻二―八六）

こうした歌が伝えられている。

犬養孝博士は、この陵について、「磐姫の陵は、平城宮址の東北、ひろい水上池やコナベ古墳の北側の山ぎわに『磐之姫命坂上陵』としてある。前方後円の大きな陵で幽暗に茂りに茂り、しずまりかえっている。南面二重濠の水面は波紋さえなく浮草をうかべ木々の影をうつして、いまなおうらんでいるような鬼気をただよわせている。背面は暗く正面は水上池を前にしてこの上ない静謐の趣きである。」（『万葉の旅〈上〉』、二三八ぺ）と述べられた。

この磐姫陵には、昨年（昭和四一年）とことしと、二回詣でた。昨年は雨で、ことしは晴れだった。静かな陵の前で、しばらく休み、さて帰り始めたとき、だれかが、「あ、へびだ！」と叫んだ。見ると、濠の向こう岸から、一匹のへびが水面にそのくびをきっともちあげて、あざやかに泳いで、こちら側へつき、すっと姿をかくしてしまった。それは一瞬のできごとだったが、へびの泳ぎを目のあたり息をのんで見ている時間は、かなり長いようにも思われた。――はげしい嫉妬のひととして伝えられている磐姫の陵で、春光うららかな午後（二時四五分ころ）、突如としてへびを見いだしたのは、強烈な印象だった。それは、磐姫のジェラシーがうつつに姿を見せたようだった。

昨年は、雨の中で、「かくばかり」の歌を朗詠した。それは金子金治郎先生のおすすめによるものだったが、黒松武蔵君は、「万葉行」という連作の一つに、

わずかながら音していとまなき雨に力をこめて詠はれ給ふ　　を加えていた。

昭和42・5・3

秋篠寺[68]

——ひともとのあしび——

秋篠寺には、今までに三回詣でた。初めてのときは、伎芸天につよく魅きつけられた。幽暗な堂内に立って、しばらく眺め入った。しかし、この仏さまと、すぐに対話ができたわけではない。初めてではあるし、急にはなじめないものもあった。それよりも、諸伎諸芸の天女として、やさしさのうちに、凛然としたもののあるのに触れ、畏怖をさえおぼえていたのだ。

二度目のことは、ふしぎに記憶にない。伎芸天をしか見ない目に、それが焼きついていないのは、心せいていた証拠である。このときは、子どもにとおまもりをもらったのではなかったか。子どもの伎芸の上達を祈念する気持ちだった。

三度目は、春日うららかな午後、訪れた。境内はかわいて、晴れて、こころよかった。このたびも、伎芸天にのみ目を注いだが、なんとなくおちつかなかった。どうも寂寞とした感じがさきに立った。それは伎芸天からくるのではなく、堂内にみなぎっているものであった。

境内に出て、昼食をしたためた。思い思いにすわりこんで、みんな昼食をしたが、それがまた、秋篠寺への親しみともなった。

庭前の古井戸のほとりに、馬酔木がひともと立っていた。折柄、小さく白い花は咲きこぼれんばかりだった。よく見ると、満開の花群の中に、蜜蜂や足長蜂がしきりと群れていた。それでも、花の木の姿は、静もってみえた。

堂内の伎芸天の清らかな姿と目前の馬酔木のひともとの姿と、この両者には、偶然とは思えないなにかが感じられた。もしかすると、伎芸天の精霊は、この馬酔木の花と咲き匂っているのではないか。

——わたくしは、胸にある充実感を抱いて、秋篠寺をあとにした。

昭和42・5・4

石山寺 69

何段あろうか。かなり急な石段をのぼって、広場へつくと、ほっとする。そして、ここまで来て、石山寺へ来たという感じが濃くなる。正面を見ると、岩山が聳えており、石山の名に背かない。この岩山を背景にして、記念撮影をすることも多い。四月三日のひるさがり、この広場に立っていたら、父親につれられた、五六歳になる女児が、

「イワ　バカリ　ヤンカ?・」(→↓父親)

と話しかけていた。わたくしは、思わず感じ入った。それはまさしく子どものことばだった。そして、子どもの目だった。

「イワ　ジャナイ。イシ　ヨ°。」(父親→↓)

こう父親はこたえていた。どういうつもりだったか。父親は、石山の「イシ」というのに忠実だったのかもしれない。しかし、いかにも的確なのは、「イワ　バカリ　ヤンカ?・」だった。まねのできない、無心の道破力とでもいうべきものが、そこにはある。

芭蕉の「おくのほそ道」には、那谷《なた》の条に、奇石さまざまに古松植ゑならべて、萱《かや》ぶきの小堂岩の上に造りかけて殊勝の土地也。

石山の石より白し秋の風

とあって、わたくしの石山寺へのあこがれは、この「ほそ道」の一節に根ざしていた。那谷寺を訪ねたのは、昭和三七年（一九六二）の初夏だった。福井の増永さんが案内役で、仲田庸幸先生とご一緒だった。境内は広大であり、「ほそ道」の叙述から想像していたのとは、まるでちがっていた。芭蕉のいう「殊勝の土地也」とは、通りいっぺんのことばでないと、わかったのであった。——石山寺の堂内は、いつも参拝客でいっぱいだった。おちつかないのである。

「ヒト　バカリ　ヤンカ?・」

昭和42・5・4

余韻[70]

大津での宿、「さざなみ荘」は、沈丁花のさかりだった。早朝、「つつぴい、つつぴい」と鳴く、四十雀の声の聞こえてくるのも好ましかった。

その朝、三井寺の境内をめぐりつつ、山内の本堂の前で、鐘の音を聞くのも久しぶりだった。なにがしかの料金を納めてつくのであったが、晩鐘ならぬ春昼の鐘声にも妙に印象深いものがあった。

——鐘の音に聞きひたっているうち、わたくしは、余韻とはまさにこのことではないかと、ふと思いあたった。なにかに追われて、あわただしくすごしていると、ついひびきあうものを忘れてしまう。皮相なものにのみなずみ、その深層の声を聴きとることができなくなる。

学生諸君の撞いた三井寺の鐘声は、わたくしに「余韻」を目ざめさせる契機となった。そのことで、いつまでも心に刻まれていくにちがいない。

宇治の平等院へは、そのつど立ち寄るけれど、そこの梵鐘に見入れるのは毎回ではない。その鐘は創建当時の釣鐘であって、とりわけ形の美しさで聞こえているという。「形」の美しさにじかに触れるという、その形象化は、まだわたくしにはできない。

ことしは、高雄山神護寺にまで足を運び、日本三名鐘のうち、今まで見残していた神護寺の三絶の銘を見ることができるかとたのしみにしていたが、果たさなかった。鐘楼の中に包みこまれていて、中にくぐり入らなければ、見ることはできないのである。わたくしも、なん人かの学生諸君も、鐘楼の前にいっただけで、心を残して、そこを立ち去った。

思えば、三つの名鐘に出会うことも、それほど容易ではない。平等院や神護寺の鐘に、触れえていないのは、なお「余韻」以前のことであって、理解するということのむずかしさに改めて思いあたる。

昭和42・5・22

明治期話しことば教育の源流[71]

近代における「話すこと」の諸形態、「演説」・「討論」・「会議」を西欧から意欲的に摂取し、それらをわが国に創始したこと、その育成にみずから先頭に立って努めたこと、「話すこと」の機能と役割を、学者・知識人の社会的使命として認識し、強く訴えるとともに、みずからその課題を実践していったこと、――福沢諭吉がわが国の話しことば教育の出発点において、固成し、方向づけ、定着させたものは、すべて見識と創意とによって進められた。近代話しことば教育の基礎固めをした先覚の一人として、福沢諭吉の活躍は目ざましく、その業績は不滅のものと言ってよい。明治期話しことば教育の源流をそこにさだかに見いだすことができる。

また、明治一〇年代においては、英国・米国からの演説形態に関する、原理・方法・知識・具体例の移入・紹介もさかんになされ、それらはそれぞれに水準の低くないものであった。

演説形態は、明治一〇年代に、社会生活における一つの座を、初めて得るようになったといえる。当時は、民衆の演説熱が高まれば高まるほど、官憲の干渉や取締りも、きびしさを加えていった。その一端は、「集会条例」にも、はっきりと見られる。個人・個人の自由な言論としてではなく、たえず公会の社会的営為として、演説は、初めからきびしい扱いを受けた。それによって、民衆の演説力はいっそう鍛えられたとも見られる。

明治期の社会に、定着をし始めた演説形態は、独話形態として、以後の話しことば教育に、典型性をもつようになる。独話本位のわが国の話しことば教育の源流は、明治一〇年代の演説形態の探求と確立とに、これをもとめることができる。

昭和42・6・11

欅[72]

ことし（昭和四二年）七月、卒業後二九年ぶりに母校（旧制大洲中学）を訪ねた。後輩たちに、「ひとりの先輩として」、はなしをするためである。

校庭こそかわっていなかったが、古い木造校舎は、鉄筋のそれにかわり、一学年を東・西二学級編成にして、こじんまりとまとめて教育されていた戦前に比べると、学級数もふえて、いちじるしい変りようであった。

昔は、銃器庫であったところ、いまは職員室になっていた。その前の中庭には、大きい欅があった。その欅は、いっそう大きく、昔のままに空たかくそびえていた。

当時、軍事教練を正課の授業として受けていたわれわれは、武器庫の前で、機関銃の手入れなど、余念なくしたものだ。その折々、この欅の樹肌にそうようにして、ふり仰ぐと、深く澄んだ空の青さを背景にして、まっ白な雲が浮かび、静かに流れていたものだ。ときにはまた、夏雲奇峰多しとまではいかなかったが、盛夏碧空に、悠々と雲の峰が見えたものだ。

青雲の志という、たしかなものへはまだかたちをなしていなかった自分に、この欅の大樹ぞいに見上げた、雲の純白さの印象は、ことにあざやかである。

欅は、星霜の風雪の間に、だまって、さまざまの若者たちを見てきたにちがいない。わたくしは思いがけぬ旧知にあったようで、なつかしさひとしおであった。かつての旧師は、ひとりとしていまさぬ母校にかえって、この老樹に会うことは、感慨を催さしめた。

校長室で、「芳名録」に署名をもとめられた。明治末年以降、知名の士が多く来校していることもわかった。わたくしは、署名して、おしまいに即吟を添えた。

欅ふりてかの白雲悠々をなつかしむ

昭和42・7・29

原爆ドーム

73

昭和四二年（一九六七）八月五日、たまたま東京で読む夕刊は、「原爆ドームよみがえる」という見だしで、広島市の原爆ドームは全国からの募金が実って、補強工事の完成を見るに至ったと伝えている。

さらに、夕刊には、「広島」発として、「新しいいのちを吹込まれ、よみがえった歴史の証人、広島市の原爆ドームの補強工事完工式が、五日午前九時から元安川べりのドームわきで行われた。起工式から四カ月、内外からの寄金でくずれかけたレンガ積み、さびて折れかけた鉄骨はそのままの姿を残し、平和への道標として未来に向って立ち続ける。」とある。

そのむかし、この原爆ドームの健在なりしころ、まだ産業奨励館と呼ばれていたとき、日支事変に取材した戦争画の展覧されたことがあった。それを見にいって、館内の展示場をゆっくりと見てまわったことがある。太平洋戦争下であったか。――そのときの、足音がなお残っているかの感がしきりとする。残骸のみのドームとなったけれど、わたくしにはそういう一回きりの訪問による、親愛感がある。青春のころの、一片の足跡が、原爆ドームの内部に、ひそかに印されていたのである。

昭和一六年の夏、そのころ原爆ドーム裏の西蓮寺の兄弟の家庭教師をしていて、わたくしは、ドームのそばの元安川の清流で、泳いだものだ。西蓮寺の屋根裏に住みこんでいて、ひたむきに本を読みつづけていた折だった。

原爆ドームとなって、彼はわたくしから遠のいてしまった。そして、それは象徴になってしまった。象徴以前のドームに、わたくしは学生時代の親愛なるおもいを抱いているのである。「原爆ドームよみがえる」――わたくしには二重によみがえるものがあった。

昭和42・8・5

山の色・空の色[74]

小学校六年のとき教えていただいたのは、味《み》村実先生であった。第一次世界大戦後のベビーブームにあたっていたわれわれは、六年男子だけで、六四名もいた。

図画の時間、味村先生は、校舎およびその周辺に児童をつれて出て、みずからも写生された。絵をかくことがしんから好きな先生だった。先生の絵は、山の色・空の色がことにあざやかで、それは、いっぺんでわたくしの心をとらえてしまった。

どんなにまねてみても、先生のような、山の色・空の色は、わが絵具からは、出せなかった。そのたび、わたくしは、子ども心に嘆息したものだ。

――昭和八年三月、四国の山村の尋常小学校を卒業して、ことし昭和四二年七月中旬、三四年ぶりに、先生のご郷里、長浜町に退官後自適の生活をしていられる先生をお訪ねした。いまは、蘭の花を咲かせることに夢中になっていられるよしだった。

話題の一つに、〝空の色〟のことがでた。先生は、旧制中学（大洲中学）の美術の担任だった、大田先生にだいじにされ、とりわけ「空の色をよく見て描きなさい。あのはるかな感じはよく見て描かなくてはならない。いつとして、空は同じ色をしていないだろう。」と、よく注意されたとのことであった。

味村先生の〝空の色〟、それは大田先生の〝空の色〟につながるものだった。なるほどと、わたくしは思った。

旧制大洲中学では、秋の運動会のとき、白虹会という、在学生・卒業生の美術展覧会が図書館を会場にして行なわれた。二年生のとき、わたくしの風景画が入選した。額ぶちに入れて、壁面にかけられた。もちろん、大田先生の選だった――。味村先生好みの山の色・空の色だったが、思えばそれは大田先生好みでもあったのだった。

昭和42・8・5

75 バナナ

四国の山村に育ったわたくしには、りんごとバナナとは、子どものときから、めったに舌に触れられぬあこがれのくだものだった。バナナのもっている、やわらかい、ねっとりとした味は、山村のほかのくだものでは、味わえなかった。
昭和三八年(一九六三)八月、沖縄に渡ったとき、炎暑下の夏期講習であったが、名護会場、東江小学校の控室で、沖縄バナナやパインを、よくご馳走になった。沖縄バナナは、台湾のそれとちがって、人間の五本の指のように、短くこじんまりとした、見ばえのしないかっこうであった。けれど、味はすがすがしく、わたくしは、好意に甘えて、この好物のくだものを遠慮なくいただいた。
旅に出ても、くだもの、わけてバナナは、よく目につく。島根県の浜田市からバスで帰広するとき、途中Hというところで休憩した。その売店で、わたくしは、バナナを二本もとめた。売店のあるじは、五十近い、頭の薄くなった男だった。一ふさのバナナの中から、もっとも短い、見すぼらしいのを二つもぎとって、渡してくれた。大と小の二本でなく、小と小の二本であった。このバナナのもぎかたに、わたくしはサービス精神の皆無を見た。バナナのような、いたみやすいものを扱う者は、いつでもそのように、小さくて短い、腐りかけたものから、売っていくのであろう。それは、そのあるじのわたくし個人に対する意地悪ではなかった。商人としての抜目のないいやしさから発した、やりかたであった。――このときのバナナは、まずい後味だけが残った。
戦前、旧制中学校に学んでいたころ、台湾バナナの宣伝標語が募集された。当選したのは、
空気　太陽　水　バナナ
というのであった。大胆な着想だった。これは、バナナへのあこがれも手伝って、忘れがたい標語になっている。

昭和42・9・1

草刈り[76]

父が亡くなってから、もう二〇年になる。元気でいてくれれば、ことしは八七歳にもなっているはずである。父といえば、家の西側に数十本もかたまっていた、南天の茂みの下から、杉山の下草を刈りとって、それを山のようにまとめて、肩にかついで帰ってくるときの姿を、よく思い出す。大汗かきのたちで、草刈りをしてくるときは、全身汗びっしょりで、しゃつなどは絞るばかりだった。

杉苗をかなり広大な山の斜面に植え、それを辛苦して育てていた父は、夏ともなれば、つきっきりで下草を刈っていたのだった。夏草を背負ったり、肩にしたりした父の姿が、南天の茂みの下に見えるとき、家にいて遊びほけていたわたくしたちは、一瞬緊張した。あまりのんきにしていると、父は叱責した。働いて帰ってきた父の汗の流れを見ると、叱責されても、子ども心に一言もなかった。

杉山の下草を刈りとっていく途中、くさむらの中に苺を見つけて、それをたくさんとって帰ってくれたことがあった。くれないの苺を大きな蕗の葉に包んで、こどもたちに持って帰ってくれたのであった。後年、市販される、栽培された苺を、食卓で味わうことができるようになった。でも、新鮮で真紅だった、あの野苺を口にしたときのよろこびには及ばない気がする。あれは、父が汗しとどになって夏草を刈りとりつつ、見つけてもいできてくれた苺だった。

杉山の鬱蒼たる茂りを見ないで、父は逝ってしまった。そして、その杉山も、ある事情で人手に渡ることになってしまった。地下の父の霊は、残念がっているにちがいない。けれど、山や立木は人手に渡っても、かつて父の全身に吹きこぼれていた勤労の汗と、その汗の中から持って帰ってくれた野苺の鮮烈さとは、だれもこれをうばいさることができない。

昭和42・9・1

暗誦[77]

研究室恒例の小旅行で、山陰路をめぐった。夜行バスで、朝はやく米子駅に着き、そこから大山寺までよく整備された道路を登っていった。

そこで、一行のうち、一九名ほどは、前夜雨が降って露をいっぱいに宿している山道を登っていった。のこり一六名は、バスで裏《うら》大山のほうへまわった。

わたくしは、大山へ登ることをやめて、裏大山へまわる組に残ったが、一畑バスのガイド西田さんは、説明の中で、「暗夜行路」のことに触れ、その一節を暗誦してくれた。

[1]明方の風物の変化は非常に早かった。[2]少時して、彼が振返って見た時には、山の頂の後ろから湧上るように橙色の曙光が昇って来た。[3]それが見る見る濃くなり、やがて又褪せはじめると、四辺は急に明るくなって来た。[4]萱は平地のものに較べ、短く、その所々に大きな山独活《うど》が立っていた。[5]彼方《あっち》にも此方《こっち》にも、花をつけた山独活が一本ずつ、遠くの方まで所々に立っているのが見えた。[6]その他《ほか》、女郎花、吾亦紅、甘草、松虫草なども萱に混って咲いていた。[7]小鳥が啼きながら、投げた石のように弧を描いてその上を飛んで、又萱の中へ潜込んだ。（岩波文庫本「暗夜行路」〈下〉、三二三ペ）

思いがけない暗誦だっただけに、わたくしの耳には、ことにあざやかに響いた。いま大山にきて、夜見が浜の方を見下ろしつつ聴くのは、格別実感に訴えるものがあった。

ガイドの西田さんは、まだ一九歳の少女だったが、いきいきと説明したり、自信をもってのどを披露したりした。

一行の中のある女子学生は、山腹で女郎花、吾亦紅《われもこう》を採っていた。でも、そこで初めて「吾亦紅」と知ったらしい。直哉の文章中の「吾亦紅」と結びついたかどうか。暗誦の一節の中では、「[7]小鳥が……」の一文がことに鋭く迫ってきた。

昭和42・9・7

[78]
ふ　け

松江にある小泉八雲記念館を訪れた。記念館は、小泉八雲の旧居の左隣にあり、クリーム色の洋館である。これは、昭和八年（一九三三）一一月に竣工しており、ドイツのワイマールにあるゲーテ記念館に模して、それにギリシア的感覚をも加えたものといわれている。

館内には、「小泉八雲全集」ほか五五〇冊の関係文献が、各種の関係資料とともに収められている。さらに、小泉八雲の遺品としては、トランク（横浜上陸当時の所持品）・鉄亜鈴（運動用）・虫籠・近眼鏡・出雲焼の煙草壺などが置かれていた。

中には、多年好奇心から蒐集してきたという、長煙管が五八本も並べてあった。外出時に用いた、なた豆煙管も四本入れてあった。コレクションというものには、なにかその人らしさがうかがわれるものである。記念館にはいって、陳列されているものを見て歩くうち、この長煙管群に出会ったときは、びっくりした。——なた豆煙管というのも、なた豆にぴったりの形をしていた。

さて、さらに歩を移して見まわっているうち、ヘルンが常時用いていた、小櫛まで並べてあるのに気がついた。まんなかの柱から両側へ歯を密に出している黒色の小型のすき櫛がぽつんと置かれていた。そえてある説明には、「流石は英人、髪は常によく梳って居られましたが、この小櫛を用いられました。まだ先生のフケが残って居ります。」とあった。

「まだ先生のフケが残って居ります。」という一文に、わたくしはひきつけられた。眼を近づけて見定めようとしたが、折柄夕方のことではあり、それとはっきりととらえることはできなかった。ふだん、ふけが多くて、散髪のたびに、「多いですね。」と指摘され、苦笑しかつ気にするわたくしに、この八雲の遺品は、もっとも身近に感じられた。このふけこそは、記念館遺品の画龍点睛？であった。

昭和42・9・10

お祝い[79]

高峰秀子さんの挙式も近づいたころ、銀座へ買物をしに出かけて帰って見ると、留守中に、宮田重雄、NHKの藤倉修一、新聞社の人たちがおしかけ、主のいない応接間で待ちくたびれ、みんなでおそばをとって食べていた。ということが、そのころの日記の一節に記されている。

つづけて、高峰さんは、そのとき「宮田先生は小さい小箱をお祝いに下すった。箱の表にかかった紙には『ハコは四半世紀前にブタペストで買った民芸品、中味は現代の日本なら通用するもの』と記され、箱をあけたら何やらつつんだ白い紙に『現金《ゲンナマ》に手を出せ！』と書いてあって、中味はそのものズバリだった。私が現金に不自由しているのを知っての親心？だった。ほんとうに嬉しく有難かった。」（「まいまいつぶろ」、昭和31年5月25日、河出書房刊、九九〜一〇〇ぺ）と述べている。

高峰秀子さんの人徳もさることながら、宮田重雄氏の心やさしい贈物のしかたも、わたくしの心に残った。とくに、ブタペストで買った民芸品というところが。

さて、宮田重雄氏には、随筆集「さんどりゑ」（昭和24年2月20日、暁星出版社刊）があり、その中に、「ブタベスト紀行」という一文が収められている。氏は、ブタベストにグレコのすばらしいコレクションのあることを知って、ヘルツオグ男爵邸に出かけ、グレコの部屋で、七枚もの国宝級の作品を見せてもらう。そのあらましが流麗平明な筆致で書かれている。宮田重雄氏の高峰秀子さんへのやさしい心づかいの「みなもと」は、こういうブタベストにおける、まれにしか出会えない体験にもあるように思われた。

――心のやさしさ、思いやりなど、考えてみれば、淵源するところ遠いものがあるのだ。いつもはそこまで考えないで、お礼を述べてすませてしまいがちである。

昭和42・9・10

選者[80]

市民講座「話し方教室」の講師をしたとき、受講者のひとりに、「専売ひろしま」（社内報）の編集者Nさん——写真が得意で、かつては文学青年であった——がおられた。

そのNさんから、随筆の選をするようにと頼まれた。かつて、標語・作文などの選をしたことはあるが、随筆のそれは、初めての経験である。それだけにたのしみもあった。

つぎは、その選評である。随筆を選びつつ、文章というもののむずかしさを、ある種のもどかしさとともに感じたことであった。

昭和42・12・25

応募総数一四編、それぞれに個性にあふれた文章が多かったのですが、それらの中から、入選作五点、残念賞一点を選びました。

第一席「天皇の帽子」は、ユニークな素材を扱った佳品でした。観察する眼力も、描いていく筆力も確かで、緊張裡のユーモラスな感じがおのずと描かれています。

第二席「『グズラ』と『ナキゴン』」は、現代っ子ふたりの性格を巧みに描きわけて、すぐれた家庭随筆となっています。怪獣を扱いつつ、それが品のない、くずれたものとなっていないのは、満永さんのこどもを見る眼のこまやかな思いやりにもとづくものでしょう。

第三席「単価は一グラム」は、こくのある、生活の年輪を思わせる文章でした。部分的にややオーバーないい方を抑制すれば、もっと気品のある好編となったでしょう。

佳作「父のいびき」、娘の立場から父親のことが扱ってあります。第三者にも、さらによくわかるように筆力にゆとりがつけばと望まれます。

同じく佳作「木次のうぐい釣り」、いい素材でしたが、もうすこしつっこみがあると、ふくらみのある作品となったでしょう。残念賞は、「川柳漫評」、句も文章も達者でした。川柳を離れ、ほんものの随筆を、柳慶子さんに期待します。

昭和42・12・23

〃たらちねの母をうしなふ〃

詩人菱山修三氏は、昭和二一年（一九四六）四月二五日、新生社から、「たらちねの母をうしなふ」という、小型の〃菱山修三詩集〃を出している。それを、ついこのごろ、福島県いわき市のある古書肆からもとめえた。

「たらちねの母をうしなふ」一三章は、つぎのような章から始められている。

　喪　失

なぜ、すべてのことが、遠く過ぎ去ってしまったのだらう。
なぜ、すべてのものが、不意に遥かなものになってしまったのだらう？
なぜ、私はたったひとり取り残されてしまったのだらう。
夜風が暗い部屋のなかを通り抜ける。夜空に、星がいっぱい出てゐる。
かうして私は、全世界から抛げ出されてしまった、掛替のない母親を喪ったために。

また、詩人は、つぎの章「書物」において、そのおしまいを、

ああ、蕭條とした木枯《ママ》らしの道、いま終ったひとつの生涯、閉ぢられたひとつの書物……
この眼の前にありながら、僕はその貴重な頁を読みつくすことが出来ぬ。

ともうたっている。

太平洋戦争が敗戦に帰したころの、荒涼とした廃墟にあって、菱山修三氏は、深沈と嘆いているのである。

菱山修三氏は、ことし（昭和四二年）八月七日、脳出血で急逝した。「詩人の死」という、三好達治の死を悼むみずからの詩に手を入れたのが絶章になったという。これらのことは、氏と親しかった金田一春彦氏の「詩人の死」という随想（「文芸春秋」一〇月号）にくわしい。――わたくしも、ことし一一月一八日、たらちねの母をうしなった。

昭和42・12・31

〃偶然性の問題〃[82]

雑誌「中央公論」（昭和四二年一〇月号）の巻末に、「近代日本の哲学的遺産」と称する特集がなされ、その中に、九鬼周造博士の「偶然性の問題」が倫理学者大島康正氏によってとりあげられている。

九鬼周造氏は、昭和七年（一九三二）一一月一〇日に、「偶然性」を主題にして、文学博士の学位を受けていられるという。九鬼博士が生涯をかけて、偶然性の問題に集注されたのはなぜかについて、大島康正教授は、「私は一語にして言えば、美的実存として生涯を生きた先生が、世のいわゆる形式倫理学者の説く必然性の論理や、道学者の説く形式的倫理観や、さてはマルクス主義者の説く歴史の必然的法則などに捨身で挑戦して、自己の生き方を裏づけるような独自の思想の開拓を求められたのではなかったかと思う。それを偶然性の存在論的構造と形而上学的根拠の解明という形で、哲学の次元の問題に持ちこまれたのだと思う。」（同上誌、三九六ぺ）と述べられた。

昭和一四年（一九三九）四月、広島高等師範学校に入学して間もなく、学校正門前の溝本積善館の書棚の最上段に、この九鬼周造博士の「偶然性の問題」が並べられているのに気がついた。ほしいけれど、都合がつかず、まだ売れることはあるまいと思いつつ、店に出入りした。やがて、念願かなって、この本を手に入れることができた。難解ではあったが、読み通すことができ、なかでも、「目撃する」ということばのりっぱさにうたれた。

昭和一四年の早春、四国のある岬の家で、たまたま九鬼博士の「偶然と驚き」という講演をラジオ放送で耳にして、そのものしずかな整然たる話しぶりに魅きつけられたのが、そもそもの出会いであった。

——まったくの偶然であったが、わたくしにはかけがえのない邂逅であった。

昭和42・12・31

祝詞[83]

藤井幹雄君、おめでとう。晴れやかな笑えみをたたえながら、順子さんと二人で、今まさに踏み出さんとする、あらたな首途を、心をこめて祝福します。冷えこんで、しきりと風花の舞いやまぬ、広島の地にあって、おふたりの清らかでりりしい晴れの姿を、はるかに想い描いております。

いつくしみ深い家庭に育ち、温順にかつ清純に生きてきた藤井幹雄君に、わたくしが見いだしたものは、あなたがいつもたたえている、清らかな笑《え》まいでした。それは、謙虚でしかも所信をつらぬかずにはおかぬ、強さときびしさを含んだ、ほんとうのやさしさの表現でした。あなたが広陵に学んだ、学部・大学院の六年間、わたくしはその魂のたたずまいに、かけがえのない、藤井君らしさを見いだすことができました。

このたび、順子さんという、またとえがたい方をえて、あなたの人生は、さらにゆたかに、さらに潤いをましてくることでしょう。

教職の場に生きる者にとって、家庭は、平安の憩いの場であるべく、また、きびしい研究の場でもあります。かつはあたたかく、かつはきびしい、――しかし、いつも藤井君らしい、笑まいと思いやりを忘れぬ、まったくあなたにふさわしい家庭が築かれていくにちがいないと、信じております。

接する人々から、例外もなく、敬愛される藤井幹雄君。だれよりも、おくさんの敬愛をかちえて、それによりいっそうみずみずしい人間性を発露させずにはおかないでしょう。おふたりのゆく手に、さいわいあれ。

全国各地にちらばって、チョークの粉にまみれ、明日を背負う若い人たちと、まっしぐらにつきすすんでいる、あなたの同級生たちと共に、声をあわせて、よろこびを送ります。藤井幹雄君・順子さん、おめでとう。ほんとうにおめでとう。

昭和43・2・1

豆[84]まき

江戸小咄の一つに、つぎのような話がある。

「今年の年男はどもりの八助、さぞ、をかしからうといふ内、八助は枡をしやに構へて大音声『フフ、福は内、鬼はオオオ鬼は』と云へば、鬼が門口からのぞいて『これサ　出るのか這入るのか』」（安永元年「聞上手」）〈「近世笑話文学」、宮尾重男編、昭和18年2月20日、大東出版社刊、二〇二〜二〇三ペ〉

どもるひとのものいいを、巧みに豆まきのせりふにからませて、口上の機微を衝いている話である。鬼を登場させて、いくらかじれったく、うかがいをたてさせているところが、なんともいえずユーモラスである。「さぞ、をかしからうといふ内、」とあるところにも、「どもり」に対する他人の接しかたがうかがえる。こうした伏線はまた、この小咄のおかしみを誘発していくきっかけにもなっているようだ。

幼いころ、せつぶん（節分）の夜といえば、「鬼」のけはいを、そくそくとして感じとっていたものだ。山深くにあった生家の庭前には、深い闇がただよい、そこにはふだんとはちがったこわさがあった。父がそれこそ大音声に「オニャー　ソト！」と言い、「フクワー　ウチ、フクワー　ウチ！」と、ゆるやかにくりかえした、その対照の妙が、いまもわが耳底にのこっている。あのころの父は、ちょうどいまの自分くらいの年齢だったはずだ。ことし、二月四日よる、みすぼらしい市営住宅のわが家で、豆まきをする。四国の郷里から送ってきてくれた豆をいって、それをまくのである。たまたま、散髪をして帰り、着がえもせず、玄関から戸外に向かって、「オニワ　ソト、オニワ　ソト。」と、小さい声で言った。大音声に言えない後めたさもあったが、低く声をおさえて言ったことに、また一つの発見があった。——立春前後の、寒さの中の、生まれくるなにかがふいと身に感ぜられる。

昭和43・2・4

東西南北[85]

高杉晋作が明日はどちらへ行くのかときかれ、「東西南北へ出立仕り候。」とこたえたと、玖村敏雄教授が「日本教育史」の時間に、なにかの話のついでに紹介された。そのことが妙に印象に残っているのである。

独特の声であった。「ねえ、君。」と、話しかけるような調子で、聴講している学生のだれかの眼をくい入るようにみつめ、言われたものだ。

あるとき、「ここからさきは、まだノートができていないから、三枚ほどあけておいてくれたまえ。」と、「日本教育史」のノートをブランクにしたまま、講義をつづけられた。「あとから埋めるからね。」というお話だった。

当時はもう、太平洋戦争下であって、ノートの空白はそのままになってしまったけれど、しかし、「講義」は、決して空白ではなかった。もちろん、人間不在の講義などではなかったのだ。余白は余韻だった。

当時、玖村敏雄先生は、吉田松陰の研究を進められていた。松陰研究として、いい仕事がつぎつぎにまとめられていった。うちこんで仕事をしていかれるひとの充実感が感じられたものだ。しかしまた、どこかにややさびしげなものも感じられた。それは、このひとの孤独あるいは孤高というものではなかったか。

戦後、昭和三一年の秋であったか、玖村敏雄教授の公開講演を聴いた。部厚いノートを携えられてのお話であった。それには、克明に資料が写されているらしかった。そのころ、玖村先生は、山口大学の教育学部長であった。しかし、ひかめえで、むしろつつましやかな講演だった。

――寒さのきびしい、きさらぎ二一日、玖村敏雄先生は不帰の客となられた。先生は、どこへ出立されたか。寂寥のみがのこる。

昭和43・2・21

86 個展

秋深き隣りはなにをする人ぞ　芭蕉

基町北区の市営住宅に住むようになって、もう満二〇年になる。その間、東隣は、画家の田口正人氏で、わが家の玄関前に、アトリエがあった。氏は、夜も昼も、制作にうちこみ、そこでは、たえずなにかがつくりだされていた。ときには、かなづちの音も聞こえてきた。それは、佐藤春夫の、「失眠」と題する、

永き夜を／隣人は釘を打ってゐる

という詩を思いださせたりした。

庭先の草花をスケッチしたり、ときに草をむしって、路上のくぼみにそれを捨てられたり、田口画伯の日常のしぐさと風貌とには接することができても、画業の核心に触れることはできないままだった。

――昭和四三年六月四日から、市内ピカソ画廊において、初めて「個展」を催された。氏の近業およそ二六点が飾られていた。

「赤い四角」・「陽・十字・像」・「月・星」・「人と犬」・「木の下」・「ついぢ」・「雪」・「飛石」・「陽・十字・像」・「月と花（A）」・「夢」・「地下」・「月」・「白い仏」・「寺院」・「月と花（B）」・「鄭家屯（沙丘）」・「花を持つ」・「十字々々」・「海」・「破羽」・「輪廻し」・「夢」・「月と人」・「花と女」――大小さまざまな力いっぱいの作品群だった。

「月」にも、「十字」にも、「花」にも、――美を真剣に追求するひとのきびしさとゆたかさとがあった。ほこりっぽい六月の街を歩いてきて、ここにはいると、さすがに老練な別世界があった。「破羽」の白鳥の片方のつばさは鋭く悲しみをうったえ、画面のいくつかに見える子どもの像は、詩情をたたえていた。――片すみには、画伯夫人によって運ばれた、うちの庭前に咲いたばらが一輪真紅に匂っていた。

昭和43・6・5

ねむの花樹

木次線（備後落合――松江）には、今まで幾度も乗って、山陽から山陰へ旅したが、七月下旬、快晴の午後、急行「ちどり」に乗って、宍道のほうへ下ったのは、そう多くはない。ことしの「ちどり」は、車内もいつになく静かで、山陰への旅を、わずらわされることなく、たのしむことができた。

なかでも、出雲横田駅から、亀嵩《かめだけ》駅を経て、「出雲三成」へ下っていくあたりには、車窓の両側に、花ざかりに近いねむの木々が並んでいて、目をたのしませた。盛夏、濃緑の山あいに、つぎつぎと数多くねむの花樹を見いだすのは、新鮮なよろこびだった。それは、すがすがしく、ういういしい感じだった。

淡いピンクのねむの花、その隣には深いべに色を見せる花群があって、それは一斉の満開というよりも、ねむの花樹の、一種の時差開花ともいえるものだった。

午後の三時半から四時すぎ、夏空は青く澄んでいた。あたりは、松林・雑木林、さまざまだったが、川ぞいに、点々と群がってみえるねむの花樹は、人影のまれな山峡であるだけに、花の美しさがかえってあわれであった。

車窓から仰ぎ見る青空には、白雲が幾片か浮かんでいた。地上のねむの花樹と蒼空に泳ぐ白雲とのへだたりは、はるかであったが、ねむの花の濃淡のくれないは、ただよう雲の白さと、無言のうちによびかわしているようでもあった。

出雲市についてから二日目の午後、上島町の卒業生故錦織理朝君のうちを訪ね、この三月三〇日病死した彼の霊前にぬかずいた。ゆったりと流れる斐伊川の川べりに、ねむの花樹が二本、たくさんの花をつけていた。若くして逝ってしまった、錦織君の鋭いまなざしを思い浮かべつつ、わたくしは、このうつうつと茂るねむの花樹のくれないに、黙然としてしまった。

昭和43・7・26

函館[88]

六月末、函館で全国大学国語教育学会が開かれた。函館のまちに下車し、かつ泊まったのは、このたびが初めてだった。

ここに、大衆書房という古書肆のあることは、すでに承知していたが、ほかに四軒もあって、半日以上をかけて、ゆっくりとめぐるのは、特別のよろこびだった。

大衆書房を訪ねていくと、店頭に自然科学系の書籍が、文字どおり山のように積まれていた。さきの十勝沖地震のため、整理がつかぬままだということであった。あるじの老翁は、文科系の本は別に一軒借りて、そのほうに収蔵しているとのことで、みずから案内してくれた。晩年の高村光太郎をおもわせる風貌で、途中、このように語ってくれた。

「自分は、本屋のくせに、本を買いもとめることに夢中になって、どんどん本がたまってしまう。女房からもう少し売ることを考えないとだめと、よく文句を言われる。……」

案内された別の一棟には、「明治古典庵」とあった。わたくしは、よき時代を、またきびしい時代を、本とともに生き抜いてきた、このあるじに、初対面ながら共感と親しみの情を抱かずにはいられなかった。

教育大函館分校の近くには、第一書房という古書肆があった。店内は、みごとに整頓されていた。嚢中すでに乏しくなっていたため、ゆっくりと書棚を見おわってのち、林芙美子の随想集「心境と風格」を、一五〇〇円也で購った。主人は、この一冊を手にすると、本の背角の包紙のかすかに破れかかっているのを、セロテープでていねいに補修して、「またどうぞ。」と渡してくれた。わたくしは、そのこまかい心づかいに感じ入って店を出た。

駅の近くの某旅館に泊まった。さきの地震では、卓上のポットまで倒れてしまい、水びたしになったよし。ために、畳がとりかえられていた。この宿に一泊した翌朝、食膳にご飯をそえるのを、お手伝いさんが失念してしまうという、珍奇な経験を、わたくしはした。

昭和43・7・31

陋居[89]

碁町に住みついて、もう満二〇年を経た。戦後間もなくいわゆる営団住宅にはいったころ、わが居宅には、なお菜園があって、初夏ともなれば、なすやきゅうり、あるいはさつまいもの苗をもって、売りにきてくれたものだ。

三滝のほうから来てくれる、七〇歳にもなろうと思われる老人は、苗を売るだけでなく、それらをていねいに植えつけてくれたものだ。ぞうりを履いてきて、ことばずくなに植えつけて帰っていった。その老人の姿が、どういうものか忘れられない。

それにしても、わが家の菜園からの収穫は、わずかなもので、それは名ばかりと言ってよかった。

――庭の隅には、からたちの木もあり、山吹のひとむれもあった。のちには、夏蜜柑の木も植えた。すこしずつ、花樹がふえていった。

片すみに、小さな池を掘ったのは、子どもたち（三人）がかなり大きくなってからである。金魚や小さい鯉魚をもとめてきて入れたが、子どもと家内とは別として、わたくしはあまり関心を注がないまま、毎夏をすごした。隣家とすぐに接している庭先に降り立つのは、なにか窮屈で、わたくしはこもりがちにすごしてきたのだ。

ことし、池に放たれた金魚たちは、軽快に泳ぎ、手をたたくと、えさをもらおうとして、すぐに池の端へ集まってくるようになった。長女が、水中に指をひたすと、その指をつつきにくると言ってよろこび、何回かくりかえした。金魚の可憐さに、改めてひきつけられているようだった。

徳富芦花は、狭い庭ながら、「歩して永遠を思ふに足る。」と言った。――いつもゆたかでない生活に追われつつ、なお陋居にいて、池中の金魚の自在な動きを見ていると、感なきをえないのである。

昭和43・7・31

90 棒飛びこみ

娘が室積海岸へ出かけた。いつも、高校一年の夏、行なわれる臨海生活に参加したのである。家では、すでに兄二人が参加しているので、都合三人が室積の海で、臨海訓練を受けたことになる。

参加する前から、娘は、飛びこみがうまくできないともらしていた。飛びこみ台に立つと、二メートルの高さでも、意外に高く、思いきって飛びこめないという。

――わたくしは、旧制中学二年の夏、ふつうの川のよどみで催された、大洲中学（愛媛）の水泳訓練に参加して、橋上から川の中へ、棒飛びこみをして、賞状をもらったことがある。からだをまっすぐに棒状にして、さっと飛びこむのであるが、単直に見えて、そうではなかった。バランスをとることは、むずかしかった。泳ぎに関して、賞を受けることは、考えてもみなかったことで、わたくしは半面くすぐったかった。

こういう思い出を話しても、滑稽な自慢話にきこえるらしく、娘をはじめみんなは軽くあしらってしまった。

さて、娘は一週間の臨海生活をおえて、黒く日焼けして帰宅した。遠泳にも参加して、泳ぎとおしたということだった。くらげに刺されて痛かったという話もした。――室積の海は、透きとおるほどにきれいだったそうだ。

子どもたちが幼かったころ、夏に一度は海へつれていった。似島に連れていったことも、楽々園へ連れていったこともある。ある夏、楽々園で子どもたちを泳がせていると、同僚の心理学科の上代晃教授がおじょうさん二人をつれてこられ、颯爽と泳がれた。その折の情景が今も目に浮かぶ。のち、惜しまれつつ病にたおれたかただけに、そのときの健康な挙作が忘れられないのである。

昭和43・7・31

導入二つ[91]

国語科の授業の導入は、単元ごとにあるいは教材ごとに、さらにあるいは時間ごとに、いろいろくふうされる。巧まず、力まず、ごく自然に、しかも端的に核心にふれていくような導入をと願っても、導入はむずかしい。会心の導入は、なかなかできないものだ。導入もまた、時・処・位に応じてくふうされなくてはならぬ。それはまさしく生きものなのである。

島根県教委の塩田指導主事は、ものしずかなかたである。宍道湖畔の宿で夕食を共にしたとき、氏は高校で国語科の授業を担当していられたころの話をされた。

――近代短歌の時間だった。塩田先生は、生徒の待っている教室にはいっていくなり、

若山牧水の

白鳥は悲しからずや空の青海の青にもそまずただよふ

の歌を、二回朗唱された。教室はしいんとして聴き入った。

朗詠をおわると、塩田先生は、「つぎの歌から始めよう。」と言って、「白鳥は」のつぎの歌から、学習指導つまりその日の短歌鑑賞の授業を始められた。

「あの短歌の時間は忘れられません。」と、かつての教え子たちは塩田先生に語ったという。これは歌の鑑賞の一面を的確につかんだはいりかたになっている。

ことし、昭和四三年七月二四日、わたくしは、出雲市の国語教育研究会で河南中学三年生に作文（論説）の研究授業をした。この日はたまたま芥川龍之介の服毒の日（河童忌）にあたっており、わたくしは龍之介の「気韻は作家の後頭部である。自分は見ることができない。」（「侏儒の言葉」）を引き、文章の品位の問題と結びつけて導入とした……。

導入についてのくふうは無限であろうが、平素の勉強がなによりたいせつである。

昭和43・8・3

朗読 [92]

横山正幸君が本村東《あずま》さんと式を挙げ、披露宴が催されるとき、わたくしに詩の朗読をしてもらえないかという打診があった。詩は山村暮鳥の「真実に生きようとするもの」という、かなり長いものだった。暮鳥はわたくしの好きな詩人の一人であり、この詩はなかでももっとも好きなものであったから、わたくしはちょっとためらっただけで引き受けてしまった。教え子に教室で詩の朗読を聴かせたいからとの卒業生K君からの要請で、わたくしがいつかテープに吹きこんだのを、横山君が聴いていて、思いついたのである。――そういう横山君というひとに、わたくしは横山君らしいものを感じとった。

披露宴には、恩師藤原与一先生が臨席され、隅々にまでしみとおるような祝辞を贈られた。祝辞というものの次元のたかいありようを、まざまざと示され、わたくしは感嘆した。

さて、わたくしに朗読の番がまわってきた。わたくしは先生に指名された小学生のように緊張して読み始めた。家で練習をしてはきたものの、なお不十分だった。せいいっぱいに読みとおしていくよりほかなにもなかった。

ともかく、読みおわった。読みおわったら、この詩の一節、

あい愛し、あい励まして、とべ。

というのを、おふたりにはなむけとして贈ろうというつもりであったが、朗読してしまうと、それは蛇足のように思われてやめた。

――いまは、横山正幸・東夫妻のため、「真実に生きようとするもの」の朗読を引き受けてよかったと思っている。恩師の前で読む機会が与えられて読み、聴いていただき、当日の参会者にも聴いてもらって、〝朗読冥利〟を感じている。アクセント感にいつもコンプレックスをもっている自分だが。

昭和43・8・3

陥[93]穽

もう三〇年も前のことになる。四国のある岬の家で、一夏旧制中学一年生A君の家庭教師をしたときのことだ。植物採集をしなければならぬということで、Aとわたくしとは近くの小山に登った。しかし、Aは植物採集には乗り気ではなく、ただあたりを散策するだけにおわってしまいそうだった。山の裏側から、銅鉱の採掘をしている坑道を通って、表側へ出ようとAが言いだし、わたくしはそれにしたがった。

暗い坑道を通っていくうち、やがて岐路に立って、右手への道を選んだ。まっくら闇だった。Aが先に立って手さぐりで進んでいたが、やがて左手の坑道からトロッコが音をひびかせてやってきたので、抜けようとすればその道をいかねばならぬことがわかった。

——もし、あのときあの一台のトロッコが来なかったら、二人はあのまま右の方へ進み、廃坑になっていた奈落へもろともそのまま陥ってしまったであろう。そうなってしまえば、救いを求めようとしても求めようがなかったにちがいない。

ふだんはすっかり忘れているが、時にふとあのときのことを思いだす。慄然としてしまう。ひとの生涯には、思いもうけぬこのような陥穽があるのではないか。それは暗闇の中の陥穽とはかぎらない。白昼にもむろんある。

現実の陥穽もさることながら、心の内側の陥穽はもっとおそろしい。それは急に足元をすくわれるというより、徐々に陥ちこむこともあって、一筋なわではいかぬ。

あの一夏は、アンニュイ（倦怠感）をともなった、岬の家でのAとの生活だったが、やまの胴部をくぐりぬけようとして、なにげなく選びそうになった、あの坑路の中の〝陥穽〟のこわさだけは、アンニュイなど吹きはらってしまうものだった。

昭和43・8・3

94 悪友は

昨年（昭和四二年）八月一七日、熊本からの帰り、博多駅に途中下車したとき、地下街で夕食をした。そこはてんぷら専門の店であった。

壁面をふと見ると、三浦朱門・曽野綾子おふたりの色紙がかかっていた。

悪友は／履き古した
靴のように／すて難い　　三浦朱門

美しい風景よりも／人の心に触れたい　　曽野綾子

それぞれに心にふれてくることばであった。おふたりのことばが揃って書かれているというのも、自然でこのましかった。人間というものを見つめている作家として、たえず胸底にあることがことばとなって出てきたような感じだった。

「悪友」——かの「つれづれ草」には、「友とするにわろき者、七つあり。一つには、高くやんごとなき人。二つには、若き人。三つには、病なく身強き人。四つには、酒を好む人。五つには、たけく勇める兵。六つには、虚言《そらごと》する人。七つには、欲ふかき人。」（第一一七段）とある。三浦朱門氏の「悪友」というのは、兼好の指摘するような「わろき者」ではなく、むしろ「悪」をすすめる友であろう。

「悪」とはなにか。つかみにくい面を持っているが、それは濁世の濁世たる渦巻きそのものといってよい。真実探求の精神によって、「生きている」というなまなましい営為からあばかれてくるもの、それこそ「悪」であろう。捨てがたい「悪友」——そのこと自体、友だちのありようをものがたっているようだ。

昭和43・8・5

〝作文教育のすすめ〟

炎暑下の麹町小学校の講堂で、入江徳郎氏の〝作文教育のすすめ〟という講演を聴く機会をえた。入江徳郎氏は、朝日新聞社論説委員、記者生活三三年、近来は「天声人語」を担当して、もう五年にもなるという。

入江氏は、講師紹介のことばの中に、現代の現役のジャーナリストの中で、名文家としてその右に出るひとはないという一節があったのを、かつはよろこび、かつはあたらないとして、名文は天才でないと書けないが、努力をすれば達意の文章は書けるとおもうと述べられた。努めれば、達意の文章が書ける。――それは謙虚でしかも自信にみちたことばだった。

もう三〇余年も前、旧制中学に学んだころ、模擬試験の作文に、国語科担当の白田時太先生から、「達意の文」という評語をいただいたときのことを、わたくしは思い起こしていた。「達意」――「天声人語」を読み進んでいくとき、明快に歯切れよく展開して結びに至る、そのむだのないきれる文章というものに、わたくしは一読者として、しばしばそれを感じてきた。入江氏は、入社試験の一つとして、作文が課されること(たとえば、「一冊の本」、一千字以内、九〇分でまとめる。)を紹介し、文章表現力を重視する立場からの鋭い分析と観察とを軸にして話された。

「一冊の本」(笠信太郎氏の出題)という課題作にしても、Ⅰ論文型、Ⅱ体験型、Ⅲ情緒型など、ほぼ三つのタイプにわけられ、「論文型」には、概して説得力が不足し、「体験型」には、正直さが欠如し、「情緒型」には、千人に二人か三人のわりで、ひらめきを見せる者のいることなど、具体例を挙げての、聴衆を魅きつけてやまぬ説明であった。

入江徳郎氏は、「講演」においても、「達意」そのものを旨として、まさに達人であった。

昭和43・8・6

96 ひまわり

「天声人語」(「朝日新聞」、昭和43年8月7日〈水〉)に、「ひまわり」のことがとりあげられた。書きだしは、こうである。

「烈日のもとで咲きほこる向日葵(ひまわり)である。二メートル以上もある高い茎の上に、黄色い大輪の花をつけてたくましく咲く。炎熱にまけぬ男性的な花だ。」

ついで、天声人語子(入江徳郎氏)は、「恋人よいざくちづけよ烈しくと叫ぶがごとき向日葵の花」という吉井勇の歌をはじめ、ゴッホ・寺田寅彦のこと、春山行夫氏の「花の文化史」(昭和39年5月1日、雪華社刊)からの引用などを述べ、さらに虚子の「向日葵が好きで狂ひて死にし画家」という句、詩人で東独文化相ヨハネス・ベッヒャーの「ひまわりのソネット」という詩を引き、おしまいを、「バイタリティの権化のようなこの花は、夏を働きぬく元気な人びとに似ている。水銀柱が連日三〇度を越そうと、不快指数が高かろうと、向日葵も働く人も、ともにへたばることはない。」と結んでいる。

立秋をひかえた、酷暑の夏のおわりに、「ひまわり」のことを叙しつつ、おのずと労働賛歌ともなっている文章だった。

ひまわりといえば、わたくしには、三好達治の、

日まはり
日まはり　日まはり
その花瓣の海／その蕋の陸《をか》
若かりし日の　夢の総計　(「朝菜集」)

という、短い詩が忘れられない。「若かりし日の夢の総計！」この詩人にとって、そもそも夢とは、なんであったか。その生涯と結びつけて、「ひまわり」は、いつもこの詩人の胸底に一つの座を与えられていたようだ。

昭和43・8・14

蜂のこと[97]

小学校三年生（昭和四年）の初夏、分教場（当時、三・四年の複式学級に学んでいた。）からの帰り、路傍のくぬぎの木の切株に数匹の熊蜂がたむろしているのを見つめていると、一匹の蜂がとびたってきて、わたくしの顔面の中央突起部（つまり、鼻の頭）にとまり、刺してにげた。一瞬のできごとで、少年のわたくしは動顛し、これはたいへんなことになったと思うと、かたわらにはだれもいなかったが、号泣しながら山路を登って小走りに帰っていった。

顔面がはれあがって、わが顔が顔でなくなってしまうだろうと思うと、なさけなくやたらと悲しかった。帰宅すると、すぐに母に事のわけを話した。母は、風呂場のうらの崖に生えていた野菊の葉を摘んでもみ、その汁を顔一面に塗ってくれた。――さいわいに、顔はふくれあがることなく、わたくしは翌日もかわりなく登校することができた。

足ながが蜂に刺されたのは、もっと幼い時だった。家の下の竹やぶのほとりの草むらから、足ながが蜂がとびたって、わたくしの左手首のあたりにとまるなり、刺して逃げていった。蜂に刺された初めての体験で、少年のわたくしにはそれは異常なできごとだった。刺したなという敵意よりも、刺されることによって初めてなにかがうばわれてしまうようなくやしさがつよかった。

いつであったか、もっと大きくなって、父親について、杉山の一角に大きい蜂の巣があるのを、松明をつけて焼きはらいに出かけたことがある。子どもであったから、現場には近づきにくく、その折の松明の炎の鮮明さだけが、いまもまぶたにもえている。

――なき岡本明先生のうたに、

夜を待ちて蜂の巣一つとることをあひびきのごとくわれはたのしむ

というのがある。なつかしい歌の一つだ。

昭和43・8・16

98 〃母よいづこ〃

小学校四年生のときの担任は、小泉（のち、宮田）茂穂先生といった。やさしい先生だった。宮田先生は、「国語」の時間に、安寿と厨子王の物語を読んでくださった。それは森鷗外の「山椒大夫」であった。

わけて、老母がひとり、佐渡で盲目になって、雀を追いはらっている場面は、あわれでせつなかった。このお話は心にしみ入るようであった。魅きつけられてしまったのだ。

同じころ、「幼年クラブ」であったか、宇野浩二氏の「母よいづこ」が連載されたことがあった。わたくしは、生家のおもての間で、日ぐれがたそれを読みつつ、行けども行けども母に出会うことのできない主人公がかわいそうで、涙をこぼした。物語を読んで、涙をこぼした最初であったろう。涙をふいて、夕食の座に加わるのが、なにかてれくさくぎこちなかったのをおぼえている。

そのころのわたくしは、山村に育って、「幼年クラブ」を月ぎめで購読することなど、ゆるされていなかった。おもえば、あの当時、どれほど読物に飢えていたことか。あまりに欲しがるので、母が誌代をそっと都合してくれたこともあった。

四年生の秋の収穫のころ、わたくしは、ふとしたことで、まだおさなかった妹をおんぶしてあそばせつつ、本気で勉強するのだという気になった。すなわち、それは、幼稚ではあれ、立志ともいうべきものだった。学科の勉強には、それ以来夢中になったが、あのころ、もっと読むことがゆるされていたら……とも思う。

子どもの勉強のため、すべてのことに便宜をはかってくれた母も、昨秋逝ってしまった。わずかに勉強のことだけ、母に心配をかけなかったといえようか。一途な生きかたを、祈りながらやさしく見まもりつづけてくれた母であった。

昭和43・8・16

9 〝東京文学院講本〟

〝東京文学院講本〟全六巻は、わたくしが初めて購読した文学入門書であった。昭和一〇年（一九三五）、六冊で六円八〇銭であった。わたくしは、この講本全六巻のことを、当時家で購読していた朝日新聞の広告で知ったにちがいない。両親には無断で、小学校時代からの郵便貯金通帳からほとんど全部の金額を引き出し、この講本の購入にあてた。

文学へ志向していく契機がそこにあった。四国の山村の一少年の行為としては、だれにも相談しないで、みずから決意したことで、それは一つの大きい冒険にちがいなかった。この〝講本〟を読むことから、文学への、習作への勉強が始まった。――菊判、各巻一〇〇ページ内外の冊子であったが、黄色い表紙のこれらの〝講本〟は、やはりなつかしい。第一巻には、西条八十氏の「詩の味ひ方」というのがあった。くり返し読んだものだ。なかに、アイルランドの詩人ウイリアム・アリングアムの小曲が紹介されていた。

池の面の四羽のあひる

池の面の四羽のあひる／はるかなる草の堤

春の青き空／ただよへる白雲、

ああ、いかに小さきことぞ／年毎におもひ出でんに、――

涙もて思ひ出でんに。

なんでもない詩のようでありながら、この詩は、わたくしの心にふれるところがあった。西条八十氏はまた、「東西名詩集」を、雑誌「キング」昭和一一年新年号附録として編んでいる。四六判九二ページほどのものであるが、要をえたアンソロジイとして親しんだ。読むべきときに読んだ本の一冊として、わたくしは、この小冊子から感得した収穫の少なくないことを、いつまでも忘れることができない。

昭和43・8・23

100

ちいさき母

長く病臥していた父の亡くなったしらせは、松山市の城北高女の教室で授業をしているときに届けられた。もう二一年も前の秋、九月六日のことである。離れて住みつつ、横河原線の汽車で通勤しながら、

　夕冷えし蓮華田の色せつなしや長病む父に遠く住みつつ

と詠んだのは、その年の晩春のころであった。逝去のしらせに接して、妻とともに急ぎ帰宅し、山の中の古びた家の一間に寝かされた父の枕もとにすわったときは、

　寂しかりし六十七年の生涯と思ふさへこみあげてせんすべ知らず

ただただ正直一途に生きた父のことを思うと、涙があふれてしかたがなかった。

　あとには、すでに年老いた母と妹と二人が残されてしまい、わたくしは都合をつけては松山から帰るようにした。ある日ぐれ、いつものように坂道をのぼり、鎮守の森をすぎ、いくらか見はらしがきくようになって、ふと眼前の大豆畑に草とりをしている母のすがたを見た。一瞬、長年つれそったひとをなくした母のさびしさが、わたくしの胸につきささるようだった。

　暮れのこる大豆畑にかがまりてちひさき母が草とり給ふ

　わたくしの母は、気じょうぶなほうだった。およそ弱音・ぐちを口にしなかった。――息子（わたくしの弟）がレイテ島で戦死し、かたちばかりの遺骨が帰ることになり、わたくしが迎えにいって、帰りついたとき、母は、生きたわが子に言うようにして出迎えた。

　忠明よ還ったかとだけ母言ひて涙のみます子の遺骨《なきがら》に

　母もまた晩年は、病臥しつつ、いつまでも子どもの身の上を祈りつづけてくれた。思うに、ちいさき母ではなかった。――秋深く母をなくして、もうまもなく一年がこようとしている。

昭和43・9・3

弥彦山[101]

晩秋のある日、新潟県西蒲原郡吉田町の中学校を訪れた。そして、夕方、弥彦山のほうへ案内してもらった。

久しぶりにロープウェーに乗った。全長一〇〇〇メートル、高低差は四八〇メートルもあるという。まなしたの紅葉を見ても、さすがに目がまうようだった。五分で頂上に達し、校長さんに案内されて神廟に詣でた。

夕陽は海面を染めて、朱色にたそがれを飾っていたが、たちこめる夕靄のため、佐渡の島影は見ることができなかった。山上はひっそりとし、見かえると、眼下に越後穀倉地帯が黄色をにじませていた。――弥彦山についにきた。しかし、弥彦山とわたくしとの出会いは、もっとはやかった。それは三〇余年も前になる。

旧制中学校に学んでいたとき、長身の、英語科の長谷川実先生が、「予章」(校友会誌)に、詩人横瀬夜雨の紹介を載せられた。そこで、わたくしは夜雨の「お才」という詩を知った。それは弥彦山のふもとに育ったお才が常陸の国筑波山のふもとに嫁いで来て、望郷のおもいをせつせつとうたいあげたものだった。

その一節に、

弥彦山から／見た筑波根を／今は麓《ふもと》で／泣かうとは
心細さに／出て山見れば／雲のかからぬ／山はない

とあった。中学生時代、文学に心を寄せるようになってから、わたくしは母のわかしてくれる風呂にはいりながら、よくこの「お才」をくちずさんだものだった。

長谷川先生は、俊才であられながら、のちなお若くして逝去された。弥彦山に登り、また弥彦神社に詣でながら、わたくしは三〇年ぶりに「お才」の抒情をかみしめていた。

昭和43・11・25

あとがき

一九六五年（昭和四〇）八月下旬から一二月中旬にかけて、わたくしは「中国新聞」のコラム欄「灯浮標」に一〇回ばかり寄稿する機会を与えられた。それは同僚の新堀通也氏の推薦によるものであり、中国新聞社なかんずく永田守男氏（当時、文化部次長）のご好意によるものであった。

コラム欄に寄稿するという経験は、わたくしには初めてのことで、いろいろといい勉強になった。わたくし自身は、寄稿がおわってからも、ほぼおなじ分量の文章を、折にふれて書きつけていった。そうしているうち、いつかおよそ百編を一応の目標とするようになった。六八年（昭和四三）の秋には、なんとかそこまでたどりついた。

コラム欄に寄稿したことが一つの動機になっているのはたしかであるが、書きつけたものは身辺雑記というにちかく、一貫した主題のもとにしるしたという性質のものではない。とはいえ、三〇年来、国語教育をもとめ、その研究にしたがい、その余暇に成ったもののゆえ、直接間接に言語生活およびその教育のことにかかわるところが多い。それにつけても、文章というもののむずかしさを、また、ある問題・ある事柄をとりあげてまとめ深めることの容易でないことを、幾重にも感じないではいられない。

ちいさく短い文章がしだいにふえて百編にちかづくにつれ、それらを一つの文集に編みたいというおもいがつよくなった。百編に達してから二年有余、そのままにしてあったのを、このたび「文集源平桃」としてまとめうるようになった。これひとえに、文化評論出版の荒木妙子社長のご厚情によるものである。また同社の向井圭子・木村逸司両氏には、格別のご配慮をいただいた。記して、各位にあつくお礼を申しあげる。

書中多くの方々の文章・作品を引用させていただいた。学恩を深く感謝し、末筆ながらあつくお礼を申しあげるしだいである。

昭和四六年二月二一日　野地潤家

著者略歴

野　地　潤　家（のじ　じゅんや）

大正9年　愛媛県（大洲市）に生まれる
昭和13年　愛媛県立大洲中学校（旧制）卒業
昭和17年　広島高師文科第1部卒業（国語・漢文専攻）
昭和20年　広島文理科大学文学科卒業（国語学・国文学専攻）
昭和21年　愛媛県立松山城北高女教諭
昭和23年　広島高師助教授
昭和24年　広島高師教授
昭和26年　広島大学教育学部助教授（国語教育学担当）
昭和41年　教育学博士（広島大学）
昭和42年　広島大学教育学部教授
昭和45年　広島大学教育学部付属小学校長（併任）
著　書　「話しことばの教育」（昭和27），「教育話法の研究」（昭和28），「国語教育個体史研究」（3冊，昭和29），「国語教育」（昭和31），「国語教育学研究」（昭和36）
旧住所　広島市基町北区550（昭和23年4月～44年7月）
現住所　広島県安佐郡安古市町上安　弘億団地110（〒731-01）

発行日　昭和46年6月30日
発行者　荒　木　妙　子
発行所　文化評論出版株式会社
東京都港区六本木3-6-9　（電話 584-7668）
広島市観音本町2-9-11　（電話 32-6282）

定価　400円

あとがき

刊行後、四〇年を経て、このたび復刊をと思い立った。復刻については、文化評論出版社の元専務で継承者でいらっしゃる荒木耕一郎様にご了解をいただくことができた。当事者として、荒木耕一郎様に、あわせて、刊行当時、社長であられ、刊行していただけた荒木妙子様に、心から厚くお礼を申し上げたい。

復刊にあたっては、刊行時にもお世話になった、現溪水社社長木村逸司様にお世話になった。心から厚くお礼を申し上げたい。

平成二三年九月九日

野地潤家

文集　源平桃

平成 23 年 10 月 1 日　発　行

著　者　野 地 潤 家

発行所　株式会社　溪水社

広島市中区小町 1-4（〒730-0041）

電話 082-246-7909 ／ FAX 082-246-7876

e-mail: info@keisui.co.jp

ISBN978-4-86327-159-3　C0095